Como? Onde? Por quê?

Jim Bruce
Claire Llewellyn
Angela Wilkes
Stephen Savage

Tradução de
Carolina Caires Coelho

Perguntas e
Respostas sobre o
Mundo Animal

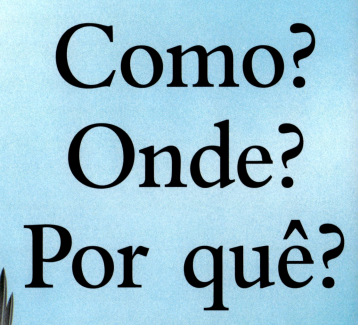

GIRASSOL

Dados Internacionais de Catalogação na Publicação (CIP)
(Câmara Brasileira do Livro, SP, Brasil)

Como? Onde? Por quê? - POP / [tradução Carolina Caires Coelho]. -- Barueri, SP : Girassol ; Londres, ING : Kingfisher Publications, 2007.

Título original: What? Where? Why?
ISBN 978-85-394-2343-9

1. Animais - Literatura infantojuvenil.

07-4145   CDD-028.5

Índices para catálogo sistemático:
1. Animais : Literatura infantojuvenil 028.5
2. Animais : Literatura juvenil 028.5

1ª edição

Publicado mediante acordo com Kingfisher Publications plc

Girassol Brasil Edições Eireli
Av. Copacabana, 325, Sala 1301
Alphaville - Barueri - SP - 06472-001
leitor@girassolbrasil.com.br
www.girassolbrasil.com.br

© Kingfisher Publications Plc

Direção editorial: Karine Gonçalves Pansa | **Coordenadora editorial:** Carolina Cespedes
Assistente editorial: Talita Wakasugui | **Diagramação:** Patricia Benigno
Montagem de capa: Deborah Takaishi | **Tradução:** Carolina Caires Coelho

Projeto gráfico da capa: Jack Clucas
Consultores: Norah Granger, Chris Pellant, Joyce Pope,
Clair Robinson, Stephen Savage
Cartuns: Ian Dicks

Ilustradores: **Lisa Alderson** 14–15, 22–23, 36–37, 42–43, 84–85, 88–89, 136–137;
Graham Allen 126–127; **Robin Budden** 48–49; **Richard Draper** 74ad; **Chris Forsey** 56–57, 58–59, 68–69, 72–73, 72be, 74–75, 80–81, 92–93, 94–95, 96–97, 98–99, 100–101, 132–133, 143ae, 146–147;
Craig Greenwood 63cd, 63ad; **Ray Grinaway** 10–11, 16–17, 18–19, 54–55, 76–77, 120–121, 122–123, 134–135; Ian Jackson 20–21; Terence Lambert 78–79, 86–87; **Ruth Lindsay** 38–39, 44–45;
Kevin Maddison 108–109; **Joannah May** 12–13, 24–25, 114–115, 116–117, 118–119, 142–143, 144–145;
Simon Mendez 138–139; **Nicki Palin** 60–61c, 140–141; **Clive Pritchard** 144be;
Bernard Robinson 62–63be; Mike Rowe 64–65, 104–105, 106–107; **Roger Stewart** 110–111;
Mike Taylor 124–125, 128–129; **David Wright** 52–53, 66be, 67ce, 82–83, 83ad.
Pesquisa de imagens: Jane Lambert, Cee Weston-Baker

Créditos das fotos: 13ae Kjell B.Sandve/www.osf.uk.com; 19ae Isaac Kehimkar/ www.osf.uk.com;
21ai Brian Bevan/Ardea London; 23ad R.J. Erwin/NHPA 1992; 25ae James Carmichael Jr./NHPA;
26ae Harald Lange/Bruce Coleman Collection; 33cd Ingrid N.Visser/Planet Earth Pictures;
41ae Fritz Polking/Still Pictures; 49cd Images Colour Library; 53cd Jean-Louis Le Moigne/NHPA;
55cd Z. Leszczynski/www.osf.uk.com; 59ad J.A.L. Cooke/www.osf.uk.com; 61ad Daniel Heuclin/NHPA;
65cd Martin Withers/Frank Lane Picture Agency; 77ad BBC Natural History Unit Picture Library/William Osborn;
78ce Ardea London/Clem Haagner; 81ae www.osf.uk.com/Daniel J. Cox; 81cd BBC Natural History Unit Picture Library/Staffan Widstrand; 82ce NHPA/Stephen Dalton; 85ad BBC Natural History Unit Picture Library/Cindy Buxton;
87ad NHPA/Bill Coster; 89be NHPA/Mike Lane; 95ae NHPA/Daniel Heuchlin;
95cd Science Photo Library/Matthew Oldfield, Scubazoo; 96be Corbis/Tony Arruza; 99ad Corbis/Lawson Wood;
100be NHPA/Ant Photo Library; 102be NHPA/B. Jones & M. Shimlock; 105be Trevor McDonald/NHPA;
119ad M. Watson/Ardea London; 122ad Kjell Sandved/www.osf.uk.com; 123ae John Marsh/Ardea London;
132ce Martin Harvey/NHPA; 137cd Bruce Coleman Collection;
138ce Jurgen & Christine Sohns/Frank Lane Picture Agency;
147ad Silvestris/Frank Lane Picture Agency.

(a = no alto; b = embaixo; c = centro; d = direita; e = esquerda)

Os editores fizeram todo o possível para identificar os autores das fotos e pedem desculpas por qualquer erro ou omissão.

SUMÁRIO

- **10** O QUE são insetos e animais rasteiros?
- **12** POR QUE os insetos têm casca?
- **14** COMO as lagartas crescem?
- **16** O QUE esses animais comem?
- **18** POR QUE os vaga-lumes brilham?
- **20** POR QUE os gafanhotos trocam de pele?
- **22** POR QUE as aranhas fazem teias?
- **24** QUAL é o inseto que parece um galhinho?
- **26** POR QUE as formigas vivem juntas?
- **28** TESTE – Insetos e animais rasteiros
- **30** O QUE é um mamífero?
- **32** COMO o urso-polar faz para se esquentar?
- **34** POR QUE as baleias são tão grandes?
- **36** QUAIS mamíferos conseguem voar?
- **38** O QUE os hipopótamos comem?
- **40** ONDE os leões caçam seu jantar?
- **42** COMO o castor constrói sua casa?
- **44** QUANDO os elefantes param de crescer?
- **46** PARA QUE serve a bolsa do canguru?
- **48** POR QUE os chimpanzés conversam?

50 TESTE – Mamíferos

52 O QUE é um réptil?

54 QUAL é o maior lagarto do mundo?

56 COMO os crocodilos caçam sua comida?

58 QUAL é a diferença entre tartarugas, jabutis e cágados?

60 QUAIS cobras trocam de pele?

62 ONDE as tartarugas põem seus ovos?

64 ONDE a lagartixa-rabo-de-folha se esconde?

66 COMO o lagarto-de-gola engana seus inimigos?

68 POR QUE os répteis vivem em desertos?

70 TESTE – Répteis

72 O QUE é uma ave?

74 COMO as aves voam?

76 O QUE os lóris comem?

78 POR QUE as águias têm garras enormes?

80 POR QUE os pavões se exibem?

82 QUAL é a ave que tece seu ninho?

84 O QUE os passarinhos comem?

86 ONDE os gansos passam o inverno?

88 COMO as araras reconhecem umas às outras?

90 TESTE – Aves

- 92 **O QUE** é um peixe?
- 94 **COMO** os peixes respiram?
- 96 **COMO** os peixes nadam?
- 98 **POR QUE** os peixes vivem em cardumes?
- 100 **COMO** os peixes se reproduzem?
- 102 **QUAL** peixe vive com outros animais?
- 104 **O QUE** é um tubarão?
- 106 **COMO** um tubarão se afoga?
- 108 **QUAL** é o alimento favorito do tubarão--branco?
- 110 **COMO** nasce o tubarão-limão?
- 112 **TESTE** - Peixes
- 114 **O QUE** é litoral?
- 116 **POR QUE** as gaivotas fazem ninhos em penhascos?
- 118 **O QUE** são dunas?
- 120 **COMO** as águas--vivas encalham na praia?
- 122 **POR QUE** os vermes da areia vivem enterrados?
- 124 **COMO** o ostraceiro consegue seu alimento?
- 126 **O QUE** vive em uma piscina natural?
- 128 **POR QUE** o caranguejo tem garras?
- 130 **TESTE** - Litoral

- **132** O QUE é uma floresta tropical?
- **134** POR QUE o chão da floresta é escuro?
- **136** COMO as plantas sobem nas árvores?
- **138** QUEM vive no topo das árvores?
- **140** O QUE são epífitas?
- **142** O QUE os beija-flores comem?
- **144** POR QUE o camaleão muda de cor?
- **146** POR QUE as florestas tropicais são importantes?
- **148** TESTE - Florestas tropicais
- **149** GLOSSÁRIO
- **156** ÍNDICE

SOBRE este livro

Você já quis saber o que os insetos comem, para que serve a bolsa do canguru ou por que os pássaros cantam? Este livro responderá a todas essas perguntas – e centenas de outras. Em cada página, você encontrará respostas para perguntas como essas e descobrirá outras curiosidades incríveis sobre o mundo animal. As palavras em **negrito** são explicadas no glossário, nas páginas 149 a 155.

Em todo o livro, você encontrará o símbolo do Esconde-Esconde. Ele traz o nome e o desenho de um pequeno animal ou detalhe que está escondido em algum lugar da página. Procure com atenção para encontrá-lo.

Agora eu sei!

★ Este quadro traz respostas rápidas para todas as perguntas.

★ Ele vai ajudar você a se lembrar de tudo que aprendeu sobre o incrível mundo animal.

Insetos
e animais rasteiros

Jim Bruce

Esconde-Esconde — lagarta

O QUE são insetos e animais rasteiros?

Os insetos e animais rasteiros são aqueles bichinhos que zunem, rastejam, se retorcem e contorcem. São insetos, aranhas, centopeias, minhocas, tatuzinhos-de-jardim, caracóis e lesmas. Eles variam no tamanho, no formato do corpo e na cor, mas são todos **invertebrados**, ou seja, não têm espinha dorsal.

ONDE eles vivem?

Os insetos e animais rasteiros podem ser encontrados em quase todos os lugares do planeta. Existem milhares deles nos jardins. São tão pequenos que podem entrar nos menores espaços sem que os vejamos. Eles se escondem em lugares escuros e úmidos, como debaixo de pedras, folhas, pedaços de madeira e no meio da terra. Alguns podem ser vistos durante o dia, mas outros só aparecem à noite.

QUANTOS existem?

No mundo, existem mais insetos e animais rasteiros que qualquer outro animal – mais de três milhões de **espécies**. Na verdade, existem tantos tipos diferentes que os cientistas os separaram por grupos. Por exemplo, as abelhas, formigas e libélulas são **insetos**, as aranhas e escorpiões são **aracnídeos** e as lesmas e caracóis são **moluscos**.

Que legal!

O primeiro voo na Terra não foi feito por um pássaro, mas sim por um inseto – há mais de 400 milhões de anos!

Vários tipos de insetos e animais rasteiros estão escondidos na grama alta. Procure-os pelo livro.

Agora eu sei!

★ Os insetos e animais rasteiros são pequenas criaturas sem espinha dorsal.
★ Eles estão em quase todas as partes do planeta.
★ Existem mais de três milhões de espécies desses animais.

Esconde-Esconde pulgão

POR QUE os insetos têm casca?

Todos os insetos têm uma carapaça dura do lado de fora do corpo, chamada **exoesqueleto**. Como uma forte armadura, ela os protege. O corpo dos insetos tem três partes. A parte da frente, a cabeça, contém o cérebro, a boca, os olhos e as **antenas**. A parte do meio, o **tórax**, inclui três pares de pernas e geralmente contém as asas. A parte de trás, o **abdômen**, contém o estômago. Nas fêmeas, esta é a parte onde se produzem os ovos.

Aranha caçadora
Abdômen
Cabeça e tórax unidos

POR QUE a aranha não é um inseto?

As aranhas pertencem ao grupo dos animais chamados aracnídeos. Diferentemente dos insetos, que têm seis patas, as aranhas têm oito. O corpo dela geralmente é peludo e dividido em duas partes – com a cabeça e o tórax unidos na frente, e o abdômen atrás. Todas as aranhas têm dois palpos venenosos com as quais podem picar e matar a **presa**.

12

COMO os insetos enxergam?

Muitos animais têm apenas uma lente em cada olho, mas insetos como as libélulas e as abelhas têm **olhos compostos**. Seus olhos são formados por milhares de lentes minúsculas unidas. Eles não enxergam os objetos claramente, mas conseguem perceber o menor movimento vindo de quase todas as direções.

Que legal!

Quando faz muito frio, alguns insetos produzem substâncias especiais que impedem que seu sangue congele!

O sangue dos insetos e animais rasteiros não é da mesma cor que o dos outros animais – é verde ou amarelo!

Joaninha-de--sete-pintas

Por dentro, todos os insetos e animais rasteiros, incluindo as joaninhas, têm o corpo parecido. Eles têm nervos que levam sinais de uma parte do corpo para outra, e respiram usando minúsculos canais chamados **traqueias**.

Agora eu sei!

★ Todos os insetos possuem exoesqueleto, seis patas e corpo dividido em três partes.
★ As aranhas têm palpos, oito patas e corpo divididos em duas partes.
★ O olho de um inseto tem milhares de lentes minúsculas.

13

COMO as lagartas crescem?

Esconde-Esconde joaninha

Uma lagarta rastejante e uma borboleta colorida e agitada são muito diferentes. Mas, na verdade, elas são o mesmo inseto em diferentes estágios da vida. Toda lagarta jovem mudará de forma, tamanho e cor antes de se tornar uma borboleta adulta. Esse processo chama-se **metamorfose**.

1. As borboletas fêmeas põem seus ovos em plantas que darão às jovens lagartas o alimento que comem.

2. Quando saem dos ovos, as lagartas imediatamente começam a comer e a crescer.

3. Quando já estão crescidas, as lagartas se tornam **pupas**. Elas fazem uma concha especial dentro da qual seu corpo começa a se modificar.

4. Depois de algum tempo, a proteção se abre e surge uma borboleta adulta.

Lagarta de borboleta rabo-de-andorinha se alimentando.

Que legal!

Quando acabam de crescer, algumas lagartas chegam a pesar 2.700 vezes mais do que pesavam ao nascerem!

As borboletas sedentas bebem o sumo de frutas podres que contém álcool!

Apesar de a maioria das lagartas ter doze olhos, a visão delas é muito ruim. Só conseguem diferenciar a escuridão e a claridade. Algumas lagartas não têm olhos, e se locomovem usando o tato e o olfato.

O QUE as borboletas comem?

As borboletas adultas não precisam de muito alimento, mas necessitam de coisas doces, como o **néctar**, para terem energia. As flores de cores vivas têm esse líquido. A borboleta desenrola sua língua comprida e suga esse néctar grudento de dentro das flores. Quando está com sede, toma água de lagos e riachos.

Borboleta rabo-de-andorinha bebendo o néctar de uma flor.

ONDE as borboletas dormem?

À noite e quando está frio, as borboletas procuram um local silencioso para dormir, debaixo de galhos e folhas ou na grama. Costumam descansar no mesmo local todas as noites.

Agora eu sei!
★ As lagartas mudam bastante até se tornarem borboletas.
★ O néctar é um liquido doce e grudento que as borboletas tomam.
★ As borboletas costumam dormir no mesmo local todas as noites.

15

Esconde-Esconde tatuzinho-de-jardim

O QUE esses animais comem?

O chão escuro das matas é o lugar ideal para os insetos e animais rasteiros, pois oferece abrigo e alimentos. Há muitas plantas para comer ou sob as quais se esconder, e muitos bichinhos para caçar. Minhocas, lesmas, centopeias e tatuzinhos-de-jardim se alimentam de folhas, frutas, sementes e restos de plantas em decomposição. Por sua vez, esses animais comedores de plantas servem de alimento a caçadores ferozes, como abelhas e besouros.

POR QUE o besouro-de-chifre tem mandíbulas tão grandes?

Muitos besouros têm fortes mandíbulas para agarrar, morder e mastigar suas presas. Os machos têm grandes mandíbulas com o formato de um par de chifres. No período de acasalamento, usam-nas para lutar com os rivais, às vezes chegando a levantá-los do chão.

Comedores de plantas e caçadores se alimentando.

Besouros-de-chifre machos

Centopeia
Centopeia
Minhoca
Tatuzinho-de-jardim

Que legal!

As moscas comem de tudo. Descobriu-se que algumas já comeram até graxa de sapato – nham, nham!

Todos os anos, mais árvores são destruídas por insetos do que queimadas por incêndios florestais!

COMO as minhocas ajudam as plantas a crescer?

As minhocas são alguns dos animais mais úteis da Terra. Enquanto se alimentam, rastejando dentro do solo, misturam a ele plantas e animais mortos. Isso deixa o solo fértil e ajuda novas plantas a crescer. As minhocas têm o corpo mole e comprido, e não têm patas.

Serra-pau

Besouro-tigre

Besouro--de-chifre fêmea

Formiga

Agora eu sei!

★ Os insetos e animais rasteiros comem restos em decomposição, plantas e pequenos animais.
★ Os besouros-de-chifre machos têm fortes mandíbulas para lutar.
★ As minhocas misturam ao solo plantas e animais mortos.

Esconde-Esconde: caracol

POR QUE os vaga-lumes brilham?

Os vaga-lumes são pequenos besouros que emitem uma luz produzida por substâncias químicas em um órgão que fica na parte de baixo de seu abdômen.
Em algumas espécies, as fêmeas não têm asas e precisam ficar na ponta das folhas de grama para atraírem com sua luz os machos voadores. Em outras espécies, tanto os machos quanto as fêmeas emitem a luz amarelada.

Vaga-lumes

POR QUE os gafanhotos "cantam"?

Os gafanhotos usam o som para atrair **parceiros** e alertar rivais. Os machos "cantam" esfregando as patas traseiras contra uma nervura nas asas dianteiras, como um violinista passando o arco pela corda. Cada espécie tem sua própria melodia.

Mariposas

Gafanhoto

QUAL é o inseto mais barulhento?

O inseto mais barulhento do mundo é a cigarra. Os machos ficam muito tempo em árvores, onde "trinam" bem alto usando duas membranas, ou tímbalos, nos dois lados do abdômen. O som pode ser ouvido a mais de 400 metros de distância – o equivalente a quatro campos de futebol.

Que legal!

Um vaga-lume da América do Sul recebeu o apelido de "trenzinho" porque emite luzes vermelhas e verdes como um semáforo ferroviário!

Alguns insetos usam os pelos delicados de suas antenas para ouvir os sons.

As noites de verão ficam repletas de insetos enviando mensagens uns aos outros através de luzes e sons.

Vaga-lumes fêmeas

Caracol

Agora eu sei!

★ Os vaga-lumes machos e fêmeas trocam sinais emitindo luzes brilhantes.
★ Os gafanhotos "cantam" para atrair parceiros ou alertar rivais.
★ As cigarras machos são os insetos mais barulhentos de todos!

Esconde-Esconde mosca-das-flores

POR QUE os gafanhotos trocam de pele?

Os gafanhotos fêmeas botam ovos. Os insetos recém-nascidos que saem do ovo chamam-se **ninfas**. Eles são idênticos aos pais, porém menores e sem asas. Os gafanhotos têm vários estágios de crescimento. Conforme as ninfas crescem, a pele delas fica pequena e acaba saindo. Isso se chama **ecdise** ou troca de pele. Os insetos crescem mais, antes que a nova pele endureça.

QUANTOS ovos os insetos botam?

Os gafanhotos fêmeas podem botar de 2 a 120 ovos por vez, mas alguns insetos podem botar milhares. As cascas dos ovos mantêm os filhotes aquecidos, hidratados e protegidos. Os insetos geralmente deixam seus ovos perto dos alimentos que os filhotes vão comer quando saírem do ovo.

Filhote de gafanhoto

Os gafanhotos fêmeas costumam botar seus ovos no solo arenoso. Depois de nascer, os jovens gafanhotos abrem caminho até a superfície.

Ovos de gafanhoto

Ninfa de gafanhoto

20

Que legal!

Um tipo de gafanhoto, chamado locusta, pode se reunir em grupos de até 250 milhões de insetos!

O QUE se desenvolve em uma bolsa?

Para manter seus filhotes protegidos, algumas aranhas envolvem os ovos em uma bolsa de seda que elas mesmas fazem. Algumas deixam essa bolsa pendurada em suas teias, outras a carregam nas costas. Os filhotes são chocados dentro da bolsa de ovos. Eles saem depois da primeira troca de pele, quando são capazes de produzir seda.

Pele velha

Ecdise final

Um gafanhoto jovem troca de pele cinco ou seis vezes antes de se tornar adulto. Na última ecdise, as asas já estão totalmente crescidas.

Agora eu sei!

★ Quando nascem, os gafanhotos parecem cópias em miniatura de seus pais.
★ A maioria dos insetos bota muitos ovos, geralmente perto de uma fonte de alimento.
★ Algumas aranhas envolvem seus ovos em uma bolsa de seda.

Esconde-Esconde mosca

POR QUE as aranhas fazem teias?

Algumas aranhas usam armadilhas grudentas para capturar suas presas. Elas tecem finas teias, usando a seda produzida com a ajuda de **glândulas** especiais que têm no corpo. A seda é líquida dentro da aranha, mas fora de seu corpo se transforma num fio resistente. Quando um inseto fica preso na teia, a aranha percebe seus movimentos por meio de minúsculos pelos que tem nas patas, e corre para matá-lo.

Aranha de jardim europeia

As aranhas nunca ficam presas nas próprias teias. Elas têm patas lubrificadas que deslizam com facilidade pelos fios de seda.

QUAL é o formato da teia da aranha?

As aranhas tecem suas teias arredondadas em áreas abertas, geralmente entre três galhos ou caules de flores. Algumas aranhas esperam por perto até que algum inseto fique preso. Outras seguram um fio de seda preso ao centro da teia, chamado linha de armadilha, e se escondem. Quando um inseto cai na teia, a linha vibra e a aranha parte para o ataque.

Algumas aranhas envolvem as presas capturadas com seda, para que não escapem. Mais tarde, voltam à teia para comê-las.

Que legal!

Algumas aranhas fazem teias novas todas as noites. Como são especialistas, demoram apenas uma hora!

A seda da aranha é mais fina que um fio de cabelo, mas é mais forte que um fio de aço da mesma grossura!

ONDE vivem alguns filhotes de aranha?

Algumas aranhas não fazem teias para pegar outros animais, e sim para usá-las como "viveiro", para proteger os filhotes. As aranhas cuidam de seus ovos até os filhotes estarem prontos para sair – geralmente depois da segunda ecdise. Em geral, essas teias são tecidas em plantas ou arbustos.

Aranha *Pisaura mirabilis*

Libélula

Agora eu sei!

★ As aranhas usam suas teias finas e pegajosas para capturar as presas.
★ As teias de aranha são feitas de seda.
★ Algumas aranhas cuidam de seus filhotes em teias "viveiros".

23

QUAL é o inseto que parece um galhinho?

Esconde-Esconde besouro

Todos os insetos e animais rasteiros têm inimigos querendo devorá-los. Alguns sobrevivem se disfarçando de coisas não comestíveis. Outros, conseguem se camuflar em seus **habitats**. O bicho-pau tem o corpo parecido com um galho fino, e o bicho-folha se parece com folhas verdes. Algumas lagartas parecem até cocô de passarinho. Outras criaturas têm veneno ou substâncias de gosto ruim, e os outros animais não conseguem comê-las.

POR QUE este inseto se chama louva-a-deus?

Louva-a-deus

O louva-a-deus junta as patas da frente enquanto espera para atacar, por isso parece estar rezando. Se um inseto pousa perto dele, o louva-a-deus fica parado, mas observa o alvo movimentando levemente a cabeça. De repente, ataca. Envolve a presa com as patas da frente e começa a comer na hora. Seu corpo verde, parecido com ramos, se confunde com as folhas. Isso o ajuda a se proteger de inimigos famintos.

Que legal!

O besouro-bombardeiro ataca seus inimigos com uma nuvem de líquido superquente!

O inseto mais comprido é o bicho-pau tropical, que chega a medir 35 centímetros!

As cigarrinhas da família *Membracidae* têm formato parecido com os espinhos das plantas das quais se alimentam. Assim, conseguem ficar camufladas.

Cigarrinha

Joaninha

As cantáridas produzem um líquido que pode causar bolhas na pele de uma pessoa ou animal.

Bicho-pau

Cantáridas

POR QUE os besouros são coloridos?

Alguns besouros têm cores vivas, pintas ou listras no corpo. Assim, os inimigos percebem que eles são venenosos e que podem picar, morder ou espirrar um líquido malcheiroso.

Bicho-folha

Os desenhos do corpo do bicho--folha, além de suas cores e formato, o deixam bem parecido com uma folha. Alguns até parecem ter sido mastigados por um animal.

Agora eu sei!

★ Muitos insetos e animais rasteiros se disfarçam para não serem comidos.
★ O louva-a-deus tem esse nome porque às vezes parece estar rezando.
★ Alguns besouros são coloridos para alertar os animais de que são perigosos.

Esconde-Esconde aranha

POR QUE as formigas vivem juntas?

As formigas são insetos que vivem em sociedade, como as abelhas e os cupins. Elas vivem e trabalham juntas em grandes grupos organizados chamados **colônias**. Cada formigueiro tem uma rainha, que bota todos os ovos. A maioria das outras formigas são fêmeas operárias. Elas constroem o formigueiro, procuram comida, limpam o ninho, combatem inimigos e cuidam das jovens **larvas**.

Os cupins constroem colônias incríveis. Fazem ninhos de lama quatro vezes mais altos que um homem adulto.

Formigueiro

Larvas

Que legal!
Quando as formigas encontram comida, deixam um rastro de odor até o ninho, para as outras seguirem!

As formiguinhas podem carregar coisas 20 vezes mais pesadas que elas!

QUAIS são as formigas que parecem jarros?

As formigas do gênero *Myrmecocystus*, conhecidas como "potes de mel", usam certas operárias como "jarros" para estocar o sumo de plantas. No verão, quando há fartura de alimentos, essas formigas são alimentadas com néctar e substâncias doces pelas outras operárias, incham como balões e ficam de cabeça para baixo no formigueiro. Quando o estoque de alimentos diminui, as operárias as furam com suas antenas para liberarem o alimento.

Formigas *Myrmecocystus*

COMO as formigas fazem tendas no topo das árvores?

As formigas-tecelãs "costuram" folhas para fazer tendas no topo das árvores, usando seus filhotes como agulha e linha.

Formigas-tecelãs

Cada formiga segura uma larva com a boca e bate com ela nas bordas das folhas. A larva produz um fio pegajoso que mantém as folhas unidas.

Fêmeas operárias procurando comida.

Rainha botando ovos.

Agora eu sei!

★ A formiga-rainha é o membro mais importante do formigueiro.
★ As formigas "potes de mel" estocam alimento dentro do corpo.
★ As formigas-tecelãs usam suas larvas como agulha e linha.

TESTE: Insetos e animais rasteiros

O que você lembra sobre os insetos e animais rasteiros? Teste seu conhecimento e veja quanto você aprendeu.

1 Que tipo de animal é uma joaninha?
a) aranha
b) molusco
c) inseto

2 O que as borboletas comem?
a) néctar
b) outros insetos
c) mel

3 Onde os gafanhotos botam seus ovos?
a) em um lago
b) no ar
c) debaixo da terra

4 Quantas patas têm as aranhas?
a) quatro
b) seis
c) oito

5 Do que a teia de aranha é feita?
a) plantas
b) madeira
c) seda

6 Como se chamam os filhotes de gafanhoto?
a) ninfas
b) lagartas
c) larvas

7 Qual é a formiga que bota ovos?
a) rainha
b) operária
c) larva

8 Qual é o inseto que emite luz?
a) minhoca
b) vaga-lume
c) formiga

9 Com que as cigarrinhas se parecem?
a) folhas
b) espinhos
c) galhinhos

10 Qual é o inseto mais barulhento?
a) formiga
b) cigarra
c) abelha

Encontre as respostas na página 160.

Mamíferos

Jim Bruce

Esconde-Esconde caracol

O QUE é um mamífero?

Embora os ratos, morcegos, girafas, leopardos e baleias sejam muito diferentes uns dos outros, todos pertencem a um grupo de animais chamados mamíferos. Eles possuem certas características especiais em comum: têm **sangue quente**, pelos e um esqueleto que sustenta seu corpo. A maioria dos filhotes de mamíferos dá à luz filhotes totalmente formados, que são alimentados com leite pela mãe. Tudo isso acontece conosco, portanto o homem também é mamífero.

Girafas comendo e bebendo.

QUANTAS espécies de mamíferos existem?

Há pelo menos 4.300 espécies diferentes de mamíferos. Às vezes uma nova espécie é descoberta, mas provavelmente existem poucas espécies ainda desconhecidas.

Mãe leopardo com filhote

Rato-espigueiro

Que legal!

O homem vive mais que qualquer outro mamífero – alguns já passaram dos 120 anos!

Os mamíferos são os animais mais inteligentes e têm o cérebro bem grande!

QUE tamanho os mamíferos atingem?

Existem mamíferos de todos os tamanhos, desde muito pequenos até bem grandes. Cerca de metade dos mamíferos conhecidos é formada por pequenos **roedores**, como esquilos e ratos, e cerca de um quarto por morcegos. Alguns mamíferos, como elefantes, baleias e leões, ficam muito grandes. A baleia-azul, que vive no mar, é o maior mamífero de todos e pesa mais de 150 toneladas. O maior mamífero terrestre é o elefante africano, que pode pesar até oito toneladas.

Embora os bebês sejam maiores que muitos mamíferos adultos, são completamente indefesos. Precisam de seus pais para cuidar deles durante anos.

Agora eu sei!

★ Os mamíferos podem ser muito diferentes, mas têm muitas coisas em comum.
★ Existem mais de 4.300 espécies diferentes de mamíferos.
★ Alguns mamíferos ficam muito grandes, mas a maioria é bem pequena.

Esconde-Esconde ★ *trinta-réis-ártico*

COMO o urso-polar faz para se esquentar?

Como todos os mamíferos, o urso-polar tem sangue quente. A temperatura de seu corpo é sempre a mesma, quer esteja frio ou calor. A maioria dos mamíferos tem pelos e os ursos-polares têm o pelo bem grosso para afastar o frio congelante do **Ártico**. No inverno, eles se abrigam em **cavernas** ou buracos, que cavam na neve.

POR QUE o urso-polar é branco?

Além de proteger o urso-polar do frio, seu pelo branco serve de **camuflagem** na neve quando ele sai à caça de alimento. Suas grandes patas são excelentes para andar na neve e servem como ótimas nadadeiras.

Que legal!

Os ursos-polares não precisam beber água. Retiram o líquido necessário de seus alimentos!

Os ursos-polares conseguem nadar 100 km sem parar!

Urso-polar

O QUE deixa a morsa tão gorda?

Por baixo da pele, a morsa tem uma grossa camada de gordura chamada **graxa**. Ela mantém o animal quente nas águas geladas do Ártico. Outros mamíferos do Ártico, como os ursos-polares e as focas, também são protegidos do frio por essa camada de gordura. A morsa tem duas presas compridas e pontudas, que usa para desenterrar moluscos e caranguejos do fundo do mar. As presas também servem como arma nas brigas.

Para se manterem gordos e aquecidos, os mamíferos do Ártico precisam comer bastante. O urso-polar come focas, peixes, gaivotas e morsas, além de plantas e frutas no verão. Os ursos-polares têm um olfato muito apurado e conseguem sentir o cheiro de uma foca viva um metro abaixo do gelo.

Foca

Agora eu sei!

★ Todos os mamíferos têm sangue quente.
★ O pelo branco do urso-polar o deixa camuflado na neve.
★ Os mamíferos do Ártico têm uma camada de gordura sob a pele chamada graxa, que os mantém aquecidos.

33

Esconde-Esconde peixe

POR QUE as baleias são tão grandes?

Maior que qualquer dinossauro, a baleia-azul é o maior animal que já existiu. Uma baleia adulta pode atingir 33 metros de comprimento, o tamanho de um avião jumbo. Pode pesar mais de 150 toneladas, o peso de 30 elefantes. A baleia-azul consegue crescer tanto porque seu corpo gigantesco está sempre sustentado pela água ao seu redor. As baleias nadam muito bem, e algumas conseguem até pular para fora da água.

O QUE é um respiradouro?

Os mamíferos aquáticos, como as baleias e os golfinhos, não conseguem respirar debaixo d'água como os peixes. Precisam subir à superfície em busca de ar. Respiram e inspiram por meio de um **respiradouro** – a narina ou o orifício de respiração no alto da cabeça. Quando eliminam o ar utilizado, soltam um esguicho de água.

Respiradouro

Baleias-azuis

COMO os golfinhos nadam?

Os golfinhos são excelentes nadadores. Em vez de mãos e pés, eles têm nadadeiras e um rabo. Nadam movimentando o rabo para cima e para baixo. Seu corpo liso desliza facilmente pela água.

Que legal!

Já houve marinheiros que confundiram uma baleia com uma ilha e tentaram ancorar nela!

A baleia cachalote consegue prender a respiração debaixo d'água por mais de duas horas!

As baleias-azuis usam a boca como peneira para filtrar da água o *krill*, uma minúscula espécie de camarão.

Agora eu sei!

★ As baleias são os maiores animais que já existiram na Terra.
★ Os mamíferos aquáticos precisam prender a respiração debaixo d'água.
★ Os golfinhos nadam usando as nadadeiras e o rabo para se impulsionar.

Esconde-Esconde lagarta

QUAIS mamíferos conseguem voar?

Os morcegos são os únicos mamíferos que realmente voam. Eles têm o corpo leve como o dos pássaros, mas sem penas. Suas asas são camadas de pele esticadas entre os longos ossos dos dedos. Os morcegos são **notívagos** e dormem durante o dia. Ficam de cabeça para baixo no teto das cavernas ou nos galhos das árvores. Quando o sol se põe, eles saem em busca de alimento.

Raposa-voadora

COMO os morcegos encontram comida no escuro?

A maioria dos morcegos tem visão ruim. Enquanto caça à noite, o morcego emite gritos estridentes, que batem nos objetos e voltam em forma de eco para os ouvidos dos morcegos. Isso se chama **ecolocalização**. Com esses ecos, o morcego consegue saber onde estão as coisas – insetos saborosos, por exemplo.

Morcego-nariz-de-porco

Esse pequeno morcego é um dos menores mamíferos do mundo. É do tamanho de uma abelha e não pesa mais que dois gramas.

Que legal!

Uma espécie de morcego insetívoro pode comer 600 moscas em uma hora!

Às vezes, milhões de morcegos vivem juntos em um grupo enorme chamado colônia!

POR QUE o petauro-do-açúcar salta das árvores?

Este animal australiano, também conhecido como *sugar glider*, salta dos topos das árvores para procurar comida ou fugir de inimigos. Apesar de não ter asas, ele tem uma pele fina, coberta de pelo, que se estende ao longo do corpo e o ajuda a **planar** de uma árvore a outra, como um aviãozinho de papel. Pode percorrer 50 metros com um pulo.

A maioria dos morcegos é **insetívoro** – come apenas insetos. Mas alguns, como a raposa-voadora, alimentam-se de frutas.

Agora eu sei!

★ Os morcegos têm asas e são os únicos mamíferos capazes de voar como os pássaros.
★ O petauro-do-açúcar não voa, mas consegue planar de uma árvore para outra.
★ A maioria dos morcegos caça à noite, usando sua excelente audição.

Esconde-Esconde pica-boi

O QUE os hipopótamos comem?

Como muitos outros mamíferos, o hipopótamo é vegetariano e só come plantas. Os animais vegetarianos são chamados de **herbívoros**. Eles têm dentes fortes para triturar alimentos duros e estômagos especiais para digeri-los. Para obter toda a energia de que necessitam, precisam passar muitas horas comendo todos os dias.

QUAIS mamíferos mastigam sem parar?

Os mamíferos com cascos nas patas, como os búfalos, girafas e antílopes, alimentam-se principalmente de capim e folhas. Como esses alimentos são duros, mastigam-nos duas vezes. Depois de colocar a comida na boca, rapidamente a engolem, quase sem mastigar. Ela desce para o estômago, mas volta para ser mastigada de novo quando está mais macia.

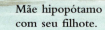
Elefantes

Búfalos

Mãe hipopótamo com seu filhote.

Por comerem diversos tipos de alimentos, muitos herbívoros podem viver na mesma região. À noite, depois que o sol se põe, muitos vão se alimentar perto da água.

Hipopótamo se banhando.

POR QUE a girafa tem pescoço e pernas compridos?

Girafas comendo folhas de acácia.

A girafa é o mamífero mais alto do mundo. Pode atingir até cinco metros de altura, por causa de suas pernas e de seu pescoço bem compridos. Por serem tão altas, as girafas conseguem se esticar para pegar brotos e folhas suculentas que os outros animais não alcançam. Embora o pescoço da girafa seja longo, ele tem apenas sete ossos – como o de todos os outros mamíferos.

Que legal!

Além de ser o mamífero mais alto, a girafa também tem uma língua enorme – com mais de 45 centímetros!

Os hipopótamos são animais muito grandes – puderal – eles comem cerca de 60 quilos de plantas por dia!

Antílope

Zebras bebendo água de uma lagoa.

Alguns mamíferos, como o homem, podem comer plantas e carne. São chamados de **onívoros**.

Agora eu sei!

★ Muitos mamíferos, como os hipopótamos e as girafas, alimentam-se de plantas.
★ Os herbívoros mastigam a comida muitas vezes.
★ A girafa tem as pernas e o pescoço compridos para alcançar o alto das árvores.

Esconde-Esconde gafanhoto

ONDE os leões caçam seu jantar?

Os mamíferos que se alimentam de carne, como leões, tigres e guepardos, são chamados de **carnívoros**. Os grandes felinos são preparados para caçar, têm o corpo forte e a visão e o olfato muito apurados. Os leões vivem em grupos familiares. Eles caçam suas presas em savanas e florestas da África. Normalmente, as fêmeas é que saem para caçar, mas os machos logo se aproximam para dividir o banquete.

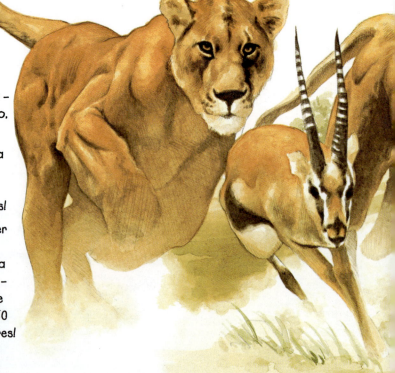

Duas leoas perseguindo um antílope.

Que legal!

Os guepardos adoram fazer bastante barulho – estão sempre gorjeando, ronronando e uivando!

Ao contrário da maioria dos felinos, os tigres gostam muito de água e são ótimos nadadores!

Um leão pode comer 23 quilos de carne em uma só refeição – isso equivale a mais de 250 hambúrgueres!

40

POR QUE os tigres têm listras?

É muito fácil reconhecer um tigre, com listras pretas cobrindo o corpo alaranjado. Essas marcas o ajudam a se misturar à luz e à sombra da floresta. Ele consegue se aproximar rápida e sorrateiramente sem ser visto, principalmente ao pôr-do-sol, quando gosta de sair para caçar.

QUAL é o mamífero mais veloz?

O mamífero mais veloz é o guepardo. Ele consegue atingir a velocidade de 110 km/h, mas apenas por curtas distâncias. Diferentemente da maioria dos felinos, suas garras ficam expostas o tempo todo, ajudando-o a se impulsionar no solo durante a corrida.

Agora eu sei!
★ Os carnívoros, como os grandes felinos, só se alimentam de carne.
★ O mamífero mais veloz do mundo é o guepardo.
★ As listras de um tigre o ajudam a se esconder na floresta.

Esconde-Esconde libélula

COMO o castor constrói sua casa?

Muitos mamíferos constroem casas para abrigar seus filhotes. Uma família inteira de castores ajuda a construir uma **barragem** no rio. Essa estrutura é feita de lenha, galhos e pedras misturados com lama. Os castores cortam a lenha roendo as árvores com seus dentes afiados. Dentro da barragem existe uma área acima da água que fica seca e aquecida mesmo no frio. Ali, os castores podem deixar seus filhotes em segurança.

POR QUE o rato-do-campo precisa de um ninho?

Os ratos-do-campo fazem ninhos para se abrigar e proteger. Durante o inverno, eles passam vários meses dormindo, ou **hibernando**. Quando um animal hiberna, seu corpo fica mais lento e seu coração bate mais devagar. Ele não se alimenta e sobrevive do estoque de gordura de seu corpo.

Que legal!

Os castores constroem canais com mais de 200 metros de comprimento para poderem ir de um rio a outro!

Mais de 400 milhões de marmotas viviam em uma cidade subterrânea no Texas, EUA!

42

ONDE vivem as marmotas?

A marmota é um roedor da América do Norte. Suas famílias cavam **tocas** subterrâneas unidas por túneis, formando uma espécie de cidade que abriga centenas de marmotas. Algumas atuam como sentinelas e ficam na entrada da toca, evitando a entrada de inimigos.

Castor

Barragem

Agora eu sei!

★ Os castores vivem em barragens de madeira sobre o rio, que são construídas por toda a família.

★ No inverno, os animais que hibernam se mantêm aquecidos em ninhos.

★ As marmotas vivem em tocas interligadas como uma grande cidade.

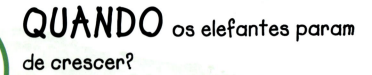

Esconde-Esconde — sapo

QUANDO os elefantes param de crescer?

Quando nascem, a maioria dos filhotes de mamíferos são cegos e dependentes, mas os elefantes recém-nascidos começam a andar uma hora depois de nascer. Ao contrário de outros filhotes, nunca param de crescer completamente. As fêmeas continuam na mesma manada com a mãe e outros membros da família por muito tempo depois de adultas.

COMO os filhotes de mamíferos aprendem?

Os mamíferos ensinam e protegem mais seus filhotes que os outros animais. Os jovens mamíferos aprendem muitas habilidades com suas mães, como encontrar comida e se afastar do perigo. Às vezes, o pai também cuida dos filhotes. Ele os protege de ataques inimigos e os ajuda a encontrar alimentos.

Que legal!

Quando nasce, um filhote de elefante pesa 145 quilos – mais que o dobro do peso de um homem adulto!

A elefanta asiática fica prenha por 609 dias – 2,5 vezes mais tempo que a gestação humana!

O QUE os leitões comem?

Nas primeiras semanas de vida, a mãe porca alimenta seus filhotes com seu leite. Os mamíferos são os únicos animais que fazem isso. Alguns mamíferos, como os elefantes, amamentam seus filhotes durante vários anos.

O filhote é protegido pelas fêmeas da manada.

Os elefantes adoram tomar banho. Eles nadam muito bem e conseguem se lavar esguichando água com a tromba.

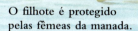

Agora eu sei!
★ Os elefantes são tão grandes porque nunca param de crescer.
★ As mães mamíferas ensinam habilidades de sobrevivência aos seus filhotes.
★ Os leitões, como todos os mamíferos, alimentam-se do leite da mãe.

Esconde-Esconde lagarto

PARA QUE serve a bolsa do canguru?

Os cangurus pertencem a um grupo de mamíferos chamados **marsupiais**. As mães marsupiais têm uma bolsa na frente da barriga. Quando o filhote de canguru nasce, mede apenas dois centímetros. É pequeno demais para sobreviver no mundo, por isso rasteja até a bolsa quentinha de sua mãe. Ali, o bebê mama e cresce. Depois de oito meses, está grande o bastante para deixar a bolsa com segurança.

Como a maioria dos marsupiais, os cangurus só são encontrados na Austrália.

Que legal!

As folhas que os coalas comem contêm óleos de odor forte que mantêm os insetos afastados!

O ornitorrinco encontra alimento na lama usando sensores elétricos especiais dentro do seu bico!

Canguru fêmea com seu filhote.

46

POR QUE os coalas gostam de dormir o tempo todo?

O coala é especialista em escalada, e passa a maior parte do tempo em eucaliptos, alimentando-se dos brotos. Essa dieta de folhas não lhe dá muita energia, por isso chega a dormir 18 horas por dia. Só fica mais ativo à noite, quando é hora de se alimentar outra vez.

QUAIS mamíferos botam ovos que parecem de couro?

Dois mamíferos, o ornitorrinco e a equidna, que parece um tamanduá espinhoso, não dão à luz seus filhotes. Botam ovos que são protegidos por cascas membranosas. Depois de botar os ovos no ninho, a mãe ornitorrinco os aquece com seu corpo por cerca de dez dias, até nascerem. Os mamíferos que botam ovos chamam-se **monotremados**.

Agora eu sei!

★ O canguru fêmea tem uma bolsa onde seu filhote pode crescer com segurança.

★ Os coalas são preguiçosos – dormem até 18 horas todos os dias.

★ O ornitorrinco e a equidna são os únicos mamíferos que botam ovos.

47

Esconde-Esconde cobra

POR QUE os chimpanzés conversam?

Quase todos os mamíferos têm uma forma de se **comunicar** com animais da mesma espécie. Os chimpanzés se comunicam ou "conversam" usando sons e sinais. Eles resmungam, batem ou grunhem para avisar aos outros quando encontram alimento. Batem com força nos troncos das árvores para avisar que há inimigos por perto. Costumam cumprimentar uns aos outros com abraços e beijos, como as pessoas.

Filhote de chimpanzé

Que legal!

Os cientistas descobriram que os chimpanzés curam suas doenças usando plantas da floresta como remédios!

Os chimpanzés selvagens usam folhas como esponjas para armazenar água para beber!

POR QUE os cachorros latem?

Os cães latem para outros animais para dizer que aquele é o seu **território**. O território de um animal é o lugar onde ele vive e se alimenta. O território de um cão doméstico pode ser a casa de seu dono. Os cães também latem quando estão empolgados ou quando só querem dizer "olá".

Cão pastor

48

QUAIS mamíferos adoram "conversar"?

Como outros mamíferos inteligentes, os golfinhos são brincalhões e comunicativos. Eles vivem em grupos e "conversam" uns com os outros por meio de assobios e estalidos. Esses sons percorrem muitos quilômetros debaixo d'água. Os cientistas também acham que os golfinhos conseguem imitar a fala humana, só que bem mais rápido.

Chimpanzé se comunicando com seu grupo.

Os chimpanzés passam muito tempo em árvores. Usam seus braços fortes para se balançar de galho em galho à procura de comida. À noite, constroem ninhos com folhas no topo das árvores e dormem neles.

Agora eu sei!

★ Os chimpanzés enviam mensagens uns aos outros usando sons e sinais.
★ O latido de um cão pode significar "olá" ou "afaste-se".
★ Os golfinhos são inteligentes e "conversam" uns com os outros.

49

TESTE: Mamíferos

O que você lembra sobre os mamíferos? Teste seu conhecimento e veja quanto você aprendeu.

1 Que tipo de mamífero é uma marmota?
a) gato
b) roedor
c) cachorro

2 Qual é o mamífero que tem graxa?
a) rato
b) chimpanzé
c) morsa

3 Qual mamífero come apenas plantas?
a) girafa
b) leão
c) urso-polar

4 Qual mamífero constrói barragens?
a) golfinho
b) castor
c) coala

5 Qual mamífero tem uma bolsa?
a) foca
b) morcego
c) canguru

6 Qual desses mamíferos voa?
a) petauro-do-açúcar
b) morcego
c) canguru

7 Qual é o mamífero mais rápido?
a) leão
b) urso-polar
c) guepardo

8 Que som o golfinho faz?
a) assobio
b) latido
c) rugido

9 Qual é mamífero cuja fêmea sai para caçar?
a) rato-do-campo
b) leão
c) baleia

10 Onde vive o urso-polar?
a) deserto
b) Ártico
c) selva

Encontre as respostas na página 160.

50

Répteis

Claire Llewellyn

O QUE é um réptil?

Esconde-Esconde cabeça

As cobras, lagartos, tartarugas e crocodilos pertencem a um grupo de animais chamados répteis. Todos os répteis têm **sangue frio**, espinha dorsal e pele dura formada por placas ou escamas. A maioria põe ovos, sempre em terra seca, cobertos por uma casca dura ou uma membrana grossa.

Cobra

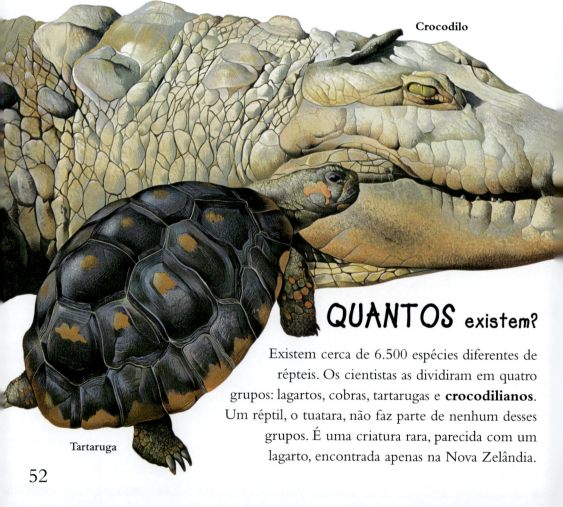

Crocodilo

Tartaruga

QUANTOS existem?

Existem cerca de 6.500 espécies diferentes de répteis. Os cientistas as dividiram em quatro grupos: lagartos, cobras, tartarugas e **crocodilianos**. Um réptil, o tuatara, não faz parte de nenhum desses grupos. É uma criatura rara, parecida com um lagarto, encontrada apenas na Nova Zelândia.

QUAIS répteis são recordistas?

Um crocodilo-de-água-salgada grande é maior e mais pesado que dois carros estacionados um atrás do outro. Uma sucuri pode atingir dez metros e ser tão pesada quanto uma vaca. Mas alguns répteis são bem pequenos – um lagarto do Caribe é do tamanho do seu polegar!

Lagarto

Cientistas segurando uma sucuri.

Que legal!

Existem só 22 espécies de crocodilianos, mas cerca de 3.800 espécies de lagartos!

Alguns répteis vivem muito tempo. Os jabutis gigantes podem viver 120 anos ou mais!

Agora eu sei!

★ Os répteis são animais de sangue frio que têm espinha dorsal e pele coberta de escamas.
★ Existem cerca de 6.500 espécies diferentes de répteis.
★ O crocodilo-de-água-salgada e a sucuri são répteis recordistas.

53

Esconde-Esconde — língua bipartida

QUAL é o maior lagarto do mundo?

Os dragões-de-komodo são lagartos enormes que vivem em algumas ilhas do sudeste asiático. Do focinho ao rabo, medem cerca de três metros. Esses lagartos são **necrófagos**, mas também matam porcos, bodes e veados infectando-os com sua **saliva** mortal. Qualquer animal picado por um dragão-de-komodo morre.

Que legal!

Alguns lagartos que perdem o rabo voltam mais tarde para procurá-lo – e comê-lo!

Alguns lagartos correm com as patas traseiras. O lagarto basilisco da América do Sul consegue até correr sobre a água!

Dragões-de-komodo

Os dragões-de-komodo têm garras longas e patas curtas e fortes. Conseguem nadar, subir em árvores e correr tanto quanto um atleta, a até 18 km/h.

As lagartixas não têm pálpebras que mantenham seus olhos limpos – usam a língua para tirar a areia e a sujeira.

COMO as lagartixas andam no teto?

As lagartixas são pequenos lagartos tropicais que costumam viver nas casas das pessoas. Podemos vê-las subindo pelas paredes e janelas e andando no teto. Elas conseguem andar de cabeça para baixo sem cair, graças às almofadinhas que têm sob as patas, cheias de sulcos e pelos em forma de ganchos, tornando-as muito aderentes.

POR QUE alguns lagartos perdem o rabo?

Alguns lagartos são apanhados pelo rabo. Às vezes, essa é a única parte do corpo que os **predadores** conseguem agarrar. Quando isso acontece, o lagarto ainda pode escapar quebrando a ponta do rabo. É um truque que surpreende o predador e dá ao lagarto tempo para fugir. O rabo do lagarto abaixo parece um tanto curto, mas logo voltará a crescer.

Lagarto cincideo de listras perdendo a cauda.

Agora eu sei!

★ O maior lagarto do mundo é o dragão-de-komodo.
★ As lagartixas conseguem andar no teto porque têm patas aderentes.
★ Alguns lagartos perdem o rabo para escapar dos predadores.

55

Esconde-Esconde dentes

COMO os crocodilos caçam sua comida?

Os crocodilos apanham suas presas com discrição. Eles ficam escondidos debaixo d'água, vedando os olhos, ouvidos, narinas e garganta com membranas à prova d'água. Quando um animal vai até a água se refrescar, não consegue ver nem sentir o cheiro do crocodilo, que sai da água de repente, agarra o animal e o afoga no rio.

ONDE vive o crocodilo-de-água-salgada?

A maioria dos crocodilianos vive em água doce, mas este é encontrado em **estuários**, pântanos ao longo da costa e até em alto mar, entre a Oceania e o sudeste asiático. Seu corpo é coberto por escamas mais finas e leves que as de outros crocodilianos, que o ajudam a nadar com mais facilidade.

Crocodilo-de-água--salgada atacando.

Os crocodilos só conseguem engolir os alimentos, sem mastigá-los. Eles balançam suas presas de um lado a outro com as mandíbulas fortes, até quebrá-las em pedaços que consiga engolir.

QUAL é a diferença entre jacarés e crocodilos?

É difícil identificar alguns crocodilianos. O focinho dos jacarés é mais largo e arredondado, e o dos crocodilos é mais fino e pontudo. Diferentemente dos jacarés, quando os crocodilos fecham a boca, um grande dente fica para fora. Mas alguns são facilmente reconhecidos – os gaviais têm o focinho bem fino, perfeito para pegar peixes.

Jacaré

Crocodilo

Gavial

Que legal!

Os crocodilianos estão sempre trocando a dentição. Quando perdem algum dente durante um ataque, nasce outro em seu lugar!

Os jacarés machos dão fortes rugidos na época da reprodução para afastar seus rivais!

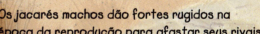

Canguru

Agora eu sei!

★ Os crocodilos se escondem dentro da água para atacar suas presas.
★ O crocodilo-de-água-salgada vive em estuários, pântanos e no mar perto da Austrália.
★ Os focinhos dos jacarés e crocodilos têm formatos diferentes.

57

Esconde-Esconde pata

QUAL é a diferença entre tartarugas, jabutis e cágados?

Os jabutis têm patas e vivem na terra. As tartarugas são muito parecidas com os cágados, têm nadadeiras, carapaça mais achatada e vivem na água, mas as tartarugas vivem no mar, enquanto os cágados vivem em água doce. Ambos têm bicos duros e ásperos. Os jabutis se alimentam de plantas, enquanto as tartarugas e os cágados comem criaturas aquáticas.

Tartaruga-cabeçuda

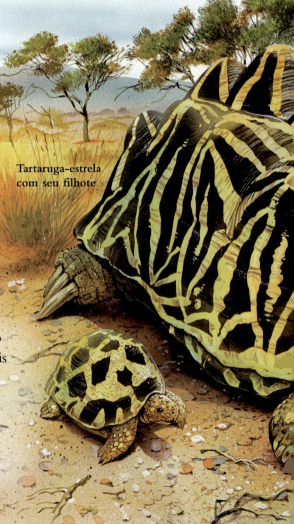

Tartaruga-estrela com seu filhote

A QUE velocidade um jabuti consegue andar?

A carapaça de um jabuti é pesada como uma armadura. Por causa disso, os jabutis se movem bem devagar, a cerca de 0,5 km/h. Já as tartarugas como são levadas pela água salgada do mar, não precisam carregar seu peso. Conseguem nadar a mais de 30 km/h – tão rápido quanto você anda de bicicleta!

QUAL cágado é um excelente pescador?

O cágado conhecido como tartaruga-aligátor tem na língua um pedaço de pele que parece uma minhoca se mexendo. Quando sente fome, ele fica na beira do rio com a boca aberta. Os peixes famintos tentam pegar a "minhoca" e são abocanhados pelo cágado. Ele tem esse nome porque antes se acreditava ser um cruzamento de cágado e jacaré (*alligator* é jacaré em inglês).

Tartaruga-aligátor pescando.

Que legal!

Os jabutis vivem na Terra há pelo menos 200 milhões de anos.

Alguns cágados têm um tubo de ar na ponta do focinho, que funciona como um snorkel!

Cada tipo de jabuti têm um desenho diferente na carapaça. Isso o diferencia de outras espécies. Também ajuda a camuflar o animal, dificultando que seja visto por predadores, como aves e raposas.

Agora eu sei!

★ Os jabutis vivem na terra. As tartarugas têm nadadeiras e vivem no mar e os cágados vivem em água doce.
★ Os jabutis andam a 0,5 km/h.
★ A tartaruga-aligátor tem uma maneira inteligente de pegar peixes.

Esconde-Esconde — narina

QUAIS cobras trocam de pele?

A pele da cobra se abre no focinho e solta do corpo como se fosse uma longa meia de escamas. A cobra começa a tirar sua pele esfregando o focinho em uma superfície áspera, como um tronco ou uma pedra.

Todas! A pele das cobras não cresce junto com o resto do corpo. Por isso, à medida em que o animal cresce, sua pele vai ficando muito apertada. De tempos em tempos, a pele de cima sai. Por baixo, há uma outra pele novinha em folha, do tamanho certo.

COMO as cobras encontram suas presas?

As cobras usam seus sentidos para localizar presas. Possuem uma ótima visão e sua língua bipartida, sempre em movimento, capta odores no ar. Algumas cobras têm um sentido extra – um furinho de cada lado da face para sentir o calor dos animais que estão por perto.

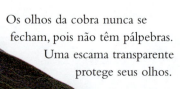

Os olhos da cobra nunca se fecham, pois não têm pálpebras. Uma escama transparente protege seus olhos.

Jiboia-esmeralda trocando de pele.

Serpente marrom mostrando as presas.

POR QUE as cobras têm presas?

Algumas cobras, como as *boomslangs* e as najas, têm um par de **presas** afiadas e ocas. Elas usam as presas para injetar veneno em suas vítimas.

O veneno é produzido em glândulas dentro da boca. Quando uma cobra ataca, a **peçonha** sai por um estreito tubo através das presas mortais.

Que legal!

Não existem cobras herbívoras – todas elas precisam de carne para sobreviver!

Nós temos 29 ossos na coluna – uma cobra pode ter até 400!

Agora eu sei!

★ Todas as cobras trocam de pele várias vezes ao ano.
★ As cobras têm sentidos apurados que as ajudam a encontrar comida.
★ Algumas cobras matam injetando veneno através das presas.

Esconde-Esconde — OVOS

ONDE as tartarugas põem seus ovos?

As tartarugas marinhas põem seus ovos em buracos na praia. Dois meses depois, os ovos **eclodem** e as tartaruguinhas abrem caminho até a superfície e correm para o mar. Precisam se apressar para não serem comidas por gaivotas e outros predadores.

Que legal!

As cascavéis têm cerca de dez filhotes por vez, mas outras cobras podem ter até 40!

As tartarugas botam seus ovos à noite, sob a luz da lua. Cada tartaruga bota cerca de 100 ovos antes de voltar ao mar.

COMO as cobrinhas nascem?

A maioria das cobras bota ovos, mas outras, como a jiboia e algumas víboras, são **vivíparas** e dão à luz filhotes já formados. Assim como a maioria dos répteis, a cobra não cuida dos filhotes. Algumas cobrinhas são peçonhentas, têm presas afiadas e podem cuidar de si mesmas!

Cobrinha saindo do ovo.

POR QUE os crocodilos fêmeas são boas mães?

Os crocodilos fêmeas protegem seus ninhos. Quando ouvem seus filhotes gritando, as mães abrem o ninho e os ajudam a sair do ovo. Depois levam-nos com cuidado até o rio, em sua boca.

Crocodilo carregando os filhotes dentro da boca.

Agora eu sei!

★ As tartarugas botam seus ovos em buracos na areia.
★ Algumas cobras botam ovos, outras não.
★ Ao contrário da maioria dos répteis, os crocodilos cuidam de seus filhotes depois que eles saem do ovo.

Esconde-Esconde ★ rabo

ONDE a lagartixa--rabo-de-folha se esconde?

Essa lagartixa se esconde em galhos de árvores. Seu corpo é achatado e irregular, sua pele parece casca de árvore e seu rabo tem o formato de uma folha, misturando-a ao ambiente. A camuflagem ajuda os animais a não serem vistos pelos predadores. Mas pode ajudar os caçadores, também, que conseguem se esconder para atacar a presa!

Estas lagartixas vivem nas **florestas tropicais** da Austrália e de Madagascar, uma ilha ao leste da África.

POR QUE a cobra-coral tem cores tão vivas?

A cobra-coral nunca passa despercebida com suas listras vermelhas, pretas e brancas. As cores vivas alertam os outros animais de que a serpente é venenosa e pode matá-los se for atacada. O aviso mantém os predadores distantes e ajuda a cobra a evitar o perigo.

Cobra-coral

64

COMO os camaleões fazem para se esconder?

Os camaleões têm um bom truque para se esconder: a pele deles muda de cor para ficar parecida com a do ambiente. Quando este lagarto se move, as **células** em sua pele mudam de tamanho, movendo grãos coloridos mais para fora ou mais para dentro. O camaleão leva cerca de cinco minutos para mudar totalmente de cor.

A pele verde é a camuflagem perfeita para o camaleão nas árvores.

Que legal!

A cobra conhecida como falsa-coral tem listras das mesmas cores que a mortífera cobra-coral, mas numa ordem diferente. Apesar de ser inofensiva, outros animais pensam que ela é venenosa e fogem!

A língua do camaleão é do tamanho do corpo dele! E tem uma ponta grudenta para pegar moscas e outros insetos!

Agora eu sei!

★ A lagartixa-rabo-de-folha se esconde em galhos de árvores.
★ A cobra-coral têm cores vivas para avisar aos outros animais que é perigosa.
★ Os camaleões se escondem mudando a cor de sua pele.

65

COMO o lagarto-de-gola engana seus inimigos?

Esconde-Esconde chocalho

Quando o lagarto-de-gola se sente ameaçado pelos predadores, levanta uma espécie de "babado" de pele ao redor do pescoço, abre a boca e assobia. É apenas um truque. O lagarto é inofensivo, mas assim consegue parecer maior e mais feroz, espantando os inimigos!

Quando levanta a pele ao redor do pescoço, o lagarto-de-gola parece quatro vezes maior do que é.

POR QUE a cascavel tem um chocalho?

Quando animais grandes se aproximam da cascavel, ela tenta espantá-los com um som parecido com o de um chocalho, sacudindo as escamas secas que tem na ponta do rabo. Ao ouvir o barulho, os inimigos fogem.

Cascavel balançando seu chocalho.

Chuckwalla entalado nas rochas.

QUAL lagarto costuma se entalar?

O *chuckwalla* vive nos desertos rochosos da América do Norte. Quando fica assustado, ele se esconde em fendas nas rochas. Depois, puxa o ar e estufa seu corpo, entalando-se de modo que não possa ser apanhado.

Que legal!

O lagarto-de-língua-azul australiano assusta os inimigos mostrando sua língua colorida!

A cobra-de-água é uma ótima atriz. Afasta seus inimigos fingindo-se de morta!

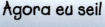

Agora eu sei!

★ O lagarto-de-gola engana seus inimigos fingindo ser feroz.
★ A cascavel chacoalha o rabo para espantar outros animais.
★ O *chuckwalla* se entala nas rochas para não ser apanhado.

67

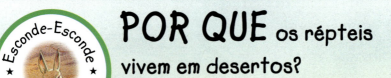

POR QUE os répteis vivem em desertos?

Muitos animais não conseguiriam viver no deserto, mas os répteis se adaptam bem a esse habitat seco e inóspito. A pele grossa e escamosa impede a eliminação da água, evitando que morram de calor. E como a energia deles vem do sol, conseguem sobreviver com pouca comida.

QUAL é a melhor maneira de se locomover na areia?

Pode ser difícil caminhar no solo arenoso – é mais fácil afundar que seguir em frente! A cascavel norte-americana resolveu o problema usando um movimento conhecido como locomoção lateral. Ela rasteja com movimentos laterais em forma de "S".

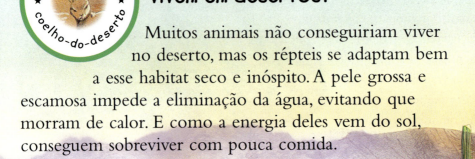

Cascavel norte-americana

Iguana-do-deserto

Lagarto *Phrynosoma solare*

Rato-canguru

Esconde-Esconde coelho-do-deserto

COMO a tartaruga--do-deserto se refresca?

A tartaruga-do-deserto se esconde em uma toca subterrânea nas horas mais quentes do dia. Mas, se por acaso, ficar exposta ao sol, ela **urina** em suas patas traseiras. Enquanto a urina seca, esfria o corpo do animal.

Que legal!

O lagarto *Moloch horridus* da Austrália nunca sente sede – ele bebe as gotas de orvalho que escorrem de seus espinhos!

A tartaruga-do-deserto consegue passar mais de um ano sem beber água!

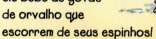

Monstro-de-gila

Tartarugas-do-deserto

Agora eu sei!

★ O corpo dos répteis é bem adaptado à vida no deserto.
★ Andar de lado é uma boa maneira de se locomover na areia.
★ A tartaruga-do-deserto se refresca urinando em si mesma.

69

TESTE: Répteis

O que você lembra sobre os répteis? Teste seu conhecimento e veja quanto você aprendeu.

1 Que tipo de réptil é um gavial?
a) lagarto
b) crocodiliano
c) serpente

2 Onde os répteis põem seus ovos?
a) em rios e lagos
b) no mar
c) em terra seca

3 Que tamanho atinge uma sucuri?
a) até dez centímetros
b) até dois metros
c) até dez metros

4 Quais répteis trocam de pele?
a) crocodilianos
b) jabutis
c) cobras

5 Quais répteis conseguem andar no teto?
a) cobras
b) jacarés
c) lagartixas

6 Qual é o réptil que mata com sua saliva mortal?
a) lagarto cincídeo
b) dragão-de-komodo
c) tartaruga-estrela

7 Onde vive o crocodilo-de-água-salgada?
a) em desertos
b) em estuários
c) em florestas tropicais

8 Qual réptil se esconde em fendas nas rochas?
a) *chuckwalla*
b) lagarto-de-gola
c) tartaruga-do-deserto

9 Quanto tempo os ovos das tartarugas levam para eclodir?
a) dois dias
b) duas semanas
c) dois meses

10 Em que parte do corpo a cascavel tem um chocalho?
a) no rabo
b) nas presas
c) na língua

Encontre as respostas na página 160.

70

Aves

Angela Wilkes

Esconde-Esconde ★ olho

O QUE é uma ave?

As aves são os únicos animais que têm penas. A maioria delas voa e todas têm duas asas. Para conseguirem voar, as aves são muito leves. Têm ossos **ocos**, penas e um bico leve no lugar de dentes. O formato delicado e **aerodinâmico** do corpo facilita o voo. Como nós, as aves têm sangue quente e respiram ar. Mas botam ovos, o que não fazemos!

POR QUE as aves têm penas?

Uma ave tem três tipos diferentes de penas. Plumas pequenas e macias ficam mais próximas da pele e ajudam a aquecer o corpo. As penas externas cobrem as menores e dão à ave um formato aerodinâmico. As penas fortes e mais duras das asas e da cauda chamam-se penas de voo. Unidas, formam uma superfície lisa que ajuda a ave a voar.

Pluma

Penas externas

Penas de voo

Penas da asa

Penas da cauda

A cauda ajuda a ave a controlar sua direção e frear durante o voo.

Que legal!

Uma ave grande, como um ganso, chega a ter 25 mil penas. Os menores beija-flores têm menos de mil!

O cisne é tão leve que tem apenas um quarto do peso de um cão do seu tamanho.

QUANTAS espécies de aves existem?

Existem cerca de nove mil espécies de aves. Elas possuem tamanhos e formatos diferentes. Alguns beija-flores são do tamanho de uma abelha, mas o avestruz pode ficar mais alto do que um homem. Todas as aves têm asas e penas, até mesmo as que não voam, como o casuar. Encontramos aves em todas as partes do mundo. Elas vivem em regiões polares e em desertos, em florestas tropicais e jardins.

Casuar

Martim-
-pescador

O casuar vive na Nova Guiné e na Austrália. Tem garras muito afiadas para se proteger de ataques.

O bico das aves é feito de um material córneo. É uma espécie de membrana dura, leve e forte.

As aves têm pernas e pés escamosos, com garras nas pontas dos dedos.

Agora eu sei!

★ Os pássaros são os únicos animais que têm penas.
★ As penas servem para aquecer, definir o contorno do corpo e voar.
★ Existem cerca de nove mil espécies de aves.

73

COMO as aves voam?

Esconde-Esconde lagarta

As aves costumam voar batendo as asas. Elas têm fortes músculos no peito para mover as asas para cima e para baixo. As penas das asas se impulsionam no ar, fazendo-as levantar voo. Elas viram as asas para receber o vento. Algumas aves batem as asas com rapidez, outras batem mais devagar. Algumas sobem e descem no ar. Outros planam ou sobrevoam áreas.

A gralha salta e bate as asas para levantar voo.

Gralha

Quando o pássaro levanta as asas, as penas se abrem.

Que legal!

Os albatrozes correm tanto quando levantam voo e quando pousam que precisam de uma pista de decolagem especial em sua colônia!

Os andorinhões só param de voar e pousam quando vão fazer ninhos. Eles até dormem voando!

POR QUE os beija-flores flutuam no ar?

Os beija-flores pairam para que possam ficar diante das flores e beber o néctar dentro delas. Eles mantêm o corpo quase reto e batem as asinhas para a frente e para trás tão depressa que produzem até um zumbido. São as únicas aves que conseguem voar para os lados, para a frente e para trás.

Beija-flor-de--papo-vermelho

Depois, a gralha abaixa as asas.

QUAL é a ave que parece um planador?

O albatroz-errante passa a maior parte da vida sobrevoando o mar. Ele tem asas longas e estreitas e consegue voar durante horas sem batê-las. A maioria das aves marinhas plana. Elas mantêm as asas abertas e usam as **correntes** de ar que sobem da superfície do mar para ficarem no ar e serem levadas.

Agora eu sei!
★ Os pássaros costumam voar batendo as asas para cima e para baixo.
★ Os beija-flores pairam no ar para se alimentar do néctar das flores.
★ O albatroz consegue voar durante horas sem bater as asas.

75

Esconde-Esconde: vespa

O QUE os lóris comem?

Os bicos dos pássaros têm formatos diferentes, dependendo do que eles comem. Os lóris vivem em florestas tropicais onde as árvores dão flores o ano todo. Eles se alimentam de **pólen** e néctar das flores. Têm bicos curtos e fortes para arrancar pétalas e botões, e línguas que agem como vassouras, recolhendo o néctar e o pólen. Eles também comem frutas, segurando-as firmemente com um dos pés.

COMO o cruza-bico usa seu bico?

Cruza-bico

O cruza-bico tem um bico bem diferente dos outros, pois suas pontas se cruzam. A ave o utiliza como ferramenta para abrir pinhões. Ele retira as sementes com o bico ou as recolhe com sua língua comprida. Às vezes, usa o bico para retirar a casca das árvores e pegar os insetos que vivem debaixo dela.

Que legal!

Alguns pássaros, como a garça-vaqueira, ficam sobre os animais para se alimentar dos insetos que vivem no pelo deles!

A língua de um pica-pau é tão comprida que pode ter cinco vezes o comprimento de seu bico!

POR QUE o pica-pau bica a madeira?

O pica-pau usa seu forte bico para furar a casca das árvores em busca de larvas. Em seguida, ele as recolhe com sua língua comprida e pegajosa. Também bate o bico com força nas árvores para atrair um parceiro ou afastar os pica-paus rivais de seu território.

Lóris arco-íris

Figo

Flores e botões de eucalipto

Agora eu sei!

★ Os lóris se alimentam de néctar e pólen das flores das florestas tropicais.
★ O cruza-bico usa seu bico para retirar as sementes dos pinhões.
★ Os pica-paus furam a casca das árvores à procura de larvas.

77

Esconde-Esconde garra

POR QUE as águias têm garras enormes?

As águias são **aves de rapina** – elas matam outros animais para comer. A águia tem uma ótima visão. Ela voa bem alto no céu, observando o chão lá embaixo. Quando avista uma presa, desce com as patas para a frente. Agarra a presa com suas unhas enormes e curvadas, chamadas **garras**. A águia leva o animal morto para o ninho e rasga-o com seu bico afiado em forma de gancho.

ONDE os urubus encontram alimento?

Os urubus são necrófagos, o que significa que só comem animais mortos. Eles voam bem alto em círculos, até localizarem uma carniça, então pousam. Os urubus abrem buracos na **carniça** e enfiam a cabeça dentro dela. Não têm penas na cabeça, o que os ajuda a mantê-la limpa enquanto se alimentam.

As garras da águia são suas principais armas. Ela agarra o animal com as garras da frente e mata-o com a garra traseira.

QUANDO as corujas caçam?

A maioria das corujas caça à noite. Elas comem pequenos animais, como ratos e insetos. Têm olhos bem grandes que enxergam bem mesmo na penumbra, e sua audição é tão apurada que conseguem encontrar sua presa até no escuro. As corujas são caçadoras silenciosas, pois suas asas macias abafam qualquer barulho quando partem para o ataque. Em geral, as corujas não despedaçam o alimento antes de comer – elas o engolem inteiro. Mais tarde, vomitam bolas de pelos e ossos chamadas **pelotas**.

Coruja-de-igreja com uma ratazana

Águia-dourada

Coelho

Que legal!

O falcão-peregrino pode voar mais rápido que qualquer outra ave. Ele ataca sua presa mergulhando no ar a 200 km/h!

A águia-de-asa-redonda consegue avistar uma presa a cinco quilômetros de distância!

As corujas não conseguem virar seus enormes olhos, mas giram a cabeça completamente para olhar para trás.

Agora eu sei!

★ As águias usam suas enormes garras para pegar e matar suas presas.
★ Os urubus comem animais mortos que encontram no chão.
★ As corujas saem à noite para caçar pequenos animais.

79

POR QUE os pavões se exibem?

Esconde-Esconde teia de aranha

Antes de poder botar ovos, a ave precisa encontrar um parceiro. Geralmente, são as fêmeas que escolhem, por isso os machos fazem o melhor que podem para impressioná-las. Os pavões têm cores vivas e penas longas e reluzentes na cauda. Eles a abrem como se fosse um leque para exibir os "olhos". A pavoa tem as penas marrons, por isso conseguem fazer seus ninhos sem que os inimigos as vejam. Após o acasalamento, a fêmea constrói um ninho e cuida dos filhotes sozinha.

Que legal!

A fragata macho se exibe para as fêmeas estufando seu enorme papo vermelho!

Algumas aves-do-paraíso ficam de cabeça para baixo no galho para impressionar alguma fêmea que as esteja observando.

A pavoa finge ignorar o pavão, mas tudo isso faz parte do processo de encontrar um parceiro.

Pavoa

80

Garças japonesas dançando.

QUAIS pássaros dançam juntos?

Em algumas espécies de pássaros, os machos e as fêmeas se parecem. Eles fazem rituais para **cortejar** seus futuros parceiros. As garças se reúnem em grupos e escolhem parceiros dançando juntos. Elas formam pares, se abaixam, batem as asas, dão pulos e cantam. Cada par de garças constrói um ninho, e os dois pássaros participam da criação dos filhotes.

COMO o pássaro-cetim conquista uma parceira?

O pássaro-cetim macho constrói um abrigo para atrair as fêmeas. Ele usa o abrigo para mostrar as coisas que conseguiu reunir. Ele coloca frutos, penas e conchas, todas azuis como ele. Chega até a amassar frutinhas azuis para pintar as paredes de seu abrigo com o suco azul.

Pássaro-cetim

Pavão

Agora eu sei!

★ Os pavões exibem suas belas penas para conquistar uma parceira.
★ As garças escolhem seus parceiros dançando juntos.
★ O pássaro-cetim constrói abrigos decorados para conquistar as fêmeas.

81

Esconde-Esconde formiga

QUAL é a ave que tece seu ninho?

As aves constroem ninhos para terem um lugar seguro e protegido onde botar seus ovos e cuidar de seus filhotes. Muitos ninhos são pequenos e em forma de concha, mas alguns pássaros tecelões da África fazem ninhos enormes unindo folhas de grama. O macho tece um ninho redondo com um longo túnel de entrada. Ele espera que o ninho deixe a fêmea impressionada o bastante para acasalar com ele.

Andorinha alimentando seus filhotes.

O tecelão começa fazendo um aro de grama. A partir dele, constrói o resto do ninho.

O QUE uma andorinha usa para fazer seu ninho?

As andorinhas fazem ninhos em forma de concha com terra úmida, forrados com grama e plumas. Costumam fazer seus ninhos em peitoris ou vigas dentro de celeiros. Os pássaros fazem ninhos com todo tipo de coisas, de ramos e musgo à seda das teias de aranha.

Que legal!

Alguns tecelões vivem em enormes ninhos que cobrem todo o topo da árvore. Os ninhos podem chegar a 100 anos e ter 400 pássaros dentro dele!

Os gansos-patolas e os atobás mantêm seus ovos aquecidos ficando sobre eles com seus grandes pés com membranas.

O longo túnel de entrada impede que cobras e outros inimigos entrem para roubar ovos ou para comer os filhotes.

Depois que o ninho fica pronto, o macho se pendura nele de cabeça para baixo e sacode as asas para atrair a fêmea.

Tecelão macho

POR QUE as aves se sentam sobre os ovos?

Os ovos das aves precisam ser **chocados** – mantidos na temperatura certa – para que os filhotes cresçam dentro deles. A maioria bota uma **ninhada** inteira em poucos dias. Depois, um dos pais fica sentado sobre eles, mantendo-os aquecidos. Geralmente é a fêmea quem faz isso, mas às vezes o macho se reveza com ela.

Agora eu sei!

★ Alguns pássaros tecem seus ninhos com folhas de grama.
★ As andorinhas fazem seus ninhos com terra úmida e grama.
★ As aves se sentam sobre os ovos para aquecê-los, assim os filhotes podem crescer dentro deles.

83

Esconde-Esconde pena

O QUE os passarinhos comem?

Muitos passarinhos nascem sem penas e com os olhos fechados. Não conseguem caminhar nem voar, por isso seus pais os alimentam. Os filhotes precisam de muitos alimentos nutritivos, como insetos, porque crescem muito rápido. Os pais voam de um lado para outro o dia inteiro, jogando comida dentro de seus bicos abertos. Os filhotes ficam no ninho até que suas penas cresçam e eles possam voar para longe. Até mesmo depois disso, seus pais ainda os ajudam a encontrar comida.

Que legal!

Alguns cucos botam seus ovos nos ninhos de outras aves. Quando o cuco nasce, eles empurram os outros ovos para fora do ninho!

Os bicos escancarados dos filhotes deixam claro aos pais que eles precisam comer.

O pardal leva comida para o ninho até 900 vezes por dia!

COMO os filhotes de aves nascem?

Quando um filhote está pronto para sair do ovo, ele faz um furo na casca com uma espécie de dente pontudo que tem no bico. Quando o buraco fica grande o suficiente, o filhote sai. Os patinhos e outras aves cujos ninhos ficam no chão nascem com os olhos abertos. Têm o corpo coberto por uma macia penugem e conseguem caminhar imediatamente.

Patinhos saindo do ovo.

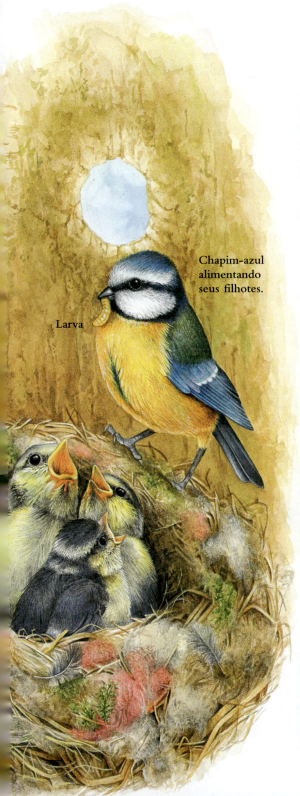

Chapim-azul alimentando seus filhotes.

Larva

ONDE a cegonha- -cabeça-de-baleia cria seu filhote?

A cegonha-cabeça-de-baleia vive nos pântanos africanos, entre juncos altos e grossos. Constrói ninhos sobre plantas aquáticas e geralmente tem apenas um filhote. Para alimentá-lo, vomita peixes e cobras-d'águas já ingeridos. No calor do dia, a mãe faz sombra para proteger seu filhote e o refresca borrifando água nele com o bico.

Agora eu sei!

★ Os passarinhos comem muitos insetos e outros alimentos nutritivos.
★ Para sair do ovo, o passarinho fura a casca usando um dente especial que tem no bico.
★ A cegonha-cabeça-de-baleia cria seus filhotes sobre plantas aquáticas.

85

Esconde-Esconde: asa

ONDE os gansos passam o outono?

Os gansos-de-faces-pretas passam o verão no Norte, onde nascem seus filhotes. Mas lá o inverno é muito rigoroso e há pouca comida, por isso, no outono, os gansos voam para o Sul. Voam milhares de quilômetros para lugares mais quentes onde há fartura de alimentos. Na primavera seguinte, retornam a seus lares de verão. Essas viagens chamam-se **migrações**. Muitos pássaros migram. Alguns voam o trajeto todo sem parar, outros pousam algumas vezes para se alimentar e descansar antes de retomar a jornada.

Gansos-de-faces-pretas

Que legal!

O ganso-da-índia voa pelas montanhas mais altas do mundo para chegar ao lugar onde passa o inverno. Voa quase tão alto quanto os aviões!

O ganso-das-neves voa quase três mil quilômetros em apenas dois dias!

Os gansos migram em grandes bandos. Geralmente voam formando um "V" e se revezam no lugar do líder, para que nenhum deles se canse demais.

86

QUAL pássaro faz a viagem mais longa?

O trinta-réis-ártico atravessa o mundo e volta, todos os anos. No final do verão, eles deixam os países próximos ao Oceano Ártico e voam para a Antártida, onde o verão está apenas começando. Na primavera, eles voltam. Com essa viagem de ida e de volta de 25 mil quilômetros, eles aproveitam o verão o ano todo.

Trinta-réis-ártico

Os gansos grasnam uns aos outros enquanto voam, para manter contato com todos os membros do grupo.

COMO as aves migratórias sabem o caminho a seguir?

As aves migratórias seguem as mesmas rotas todos os anos. Usam a posição do sol e das estrelas para encontrar seu rumo. Além disso, as aves costumam seguir características familiares da paisagem abaixo delas. Voam ao longo de cadeias de montanhas, vales de rios e linhas costeiras.

Agora eu sei!

★ Os gansos-de-faces-pretas voam para o Sul no outono em busca de alimento em um lugar mais quente.
★ Os trinta-réis-árticos fazem as migrações mais longas.
★ As aves usam o sol e as estrelas para encontrar seu rumo.

Esconde-Esconde cobra

COMO as araras reconhecem umas às outras?

As aves se comunicam através da visão e também da audição. As araras são papagaios coloridos que vivem em bandos nas florestas tropicais. Cada espécie de arara tem suas próprias cores vivas e marcas diferentes, como um uniforme. Elas reconhecem umas às outras pelas cores e desenhos de suas penas, e assim sabem a qual grupo pertencem. Outras aves podem não ter cores vivas, mas têm marcas nas faces ou no corpo que as ajudam a reconhecer umas às outras.

QUAL pássaro muda de cor?

Muitos pássaros usam a cor para se esconder dos inimigos. Isso se chama camuflagem. Todas as aves trocam de penas, mas o lagópode troca de penas duas vezes ao ano, mudando de cor de acordo com a estação. No inverno, quando há neve no chão, ele tem penas brancas. Na primavera, troca de penas, que crescem marrons e combinam com os matagais onde ele vive. Quando o inverno chega, crescem penas brancas novamente.

Que legal!

O grito do alcaravão pode ser ouvido a cinco quilômetros dos juncos onde ele vive!

O pio da coruja-do-mato na verdade é produzido por duas aves. Uma coruja faz "tuí" e a outra responde "tuá"!

88

Araras-vermelhas

As araras costumam se reunir nas margens dos rios para comer barro. Ele ajuda a **digerir** as sementes duras que elas comem.

POR QUE
os pássaros cantam?

Muitos pássaros, como o pintarroxo, cantam para enviar mensagens a outros pássaros. Cada espécie de pássaro canoro tem seu próprio canto. Ao cantarem, os pássaros mostram quem são e marcam seu território. Nas manhãs de primavera, muitos pássaros cantam juntos. O barulho que fazem é conhecido como coral do amanhecer.

Agora eu sei!
★ As araras reconhecem umas às outras pelas cores de suas penas.
★ A troca de penas permite que o lagópode mude de cor duas vezes por ano.
★ As aves cantam para se anunciarem a outras aves.

89

TESTE: Aves

O que você lembra sobre as aves? Teste seu conhecimento e veja quanto você aprendeu.

1 O que os beija-flores gostam de comer?
a) sementes
b) frutas
c) néctar

2 Qual ave tem uma língua comprida e pegajosa?
a) arara
b) pica-pau
c) casuar

3 Qual ave se alimenta de carniça?
a) águia
b) coruja
c) urubu

4 Qual é a ave que muda de cor?
a) pintarroxo
b) lagópode
c) águia

5 Qual é o desenho das penas do pavão?
a) olhos
b) orelhas
c) nariz

6 Do que é feito o ninho da andorinha?
a) pedras
b) folhas
c) lama

7 Qual ave faz a mais longa viagem migratória?
a) trinta-réis-ártico
b) gralha
c) urubu

8 Quais penas mantêm a ave aquecida?
a) penas de voo
b) plumas
c) penas externas

9 Onde a cegonha-cabeça-de-baleia faz seu ninho?
a) na margem de um rio
b) sobre plantas aquáticas
c) no topo de uma chaminé

10 Como o albatroz costuma voar?
a) ele paira
b) ele plana
c) ele bate as asas rapidamente

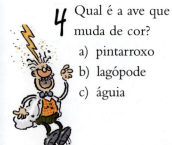

Encontre as respostas na página 160.

90

Peixes

Stephen Savage

Esconde-Esconde peixe-pedra

O QUE é um peixe?

Um peixe é um animal que vive na água, tem o corpo coberto de escamas e nadadeiras que o ajudam a nadar. A maioria dos peixes tem uma espinha e uma **bexiga natatória** cheia de ar que os ajuda a flutuar, mesmo quando param de nadar. Os peixes têm sangue frio, mas alguns peixes mais velozes têm o corpo um pouco mais quente que a água em que estão.

QUANTAS espécies de peixes existem?

Existem cerca de 28 mil espécies de peixes. Eles vivem nos oceanos e mares do planeta, e também em rios, lagos e lagoas do mundo todo. Os peixes podem ter formatos, tamanhos e cores bem diferentes, como o peixe-enxada ou o peixe-trombeta. O maior peixe de todos, com até 18 metros de comprimento, é o tubarão-baleia. O menor é uma espécie de gobião, com apenas um centímetro!

Que legal!

As mixinas são peixes primitivos sem nadadeiras nem mandíbulas. Produzem grande quantidade de saliva e até dão nós em si mesmas.

Garoupa

Peixe-trombeta

Moreia

Donzela

Peixe-
-borboleta

O corpo dos peixes é coberto de escamas escorregadias.

POR QUE os peixes são escorregadios?

Os peixes são escorregadios porque têm o corpo coberto de muco. Essa cobertura viscosa é produzida pela pele e protege o peixe contra doenças e alguns **parasitas**. O muco cobre as feridas e arranhões, evitando infecções. Também ajuda o peixe a se locomover pela água com mais facilidade. Algumas espécies de peixe têm um muco venenoso que os protege de predadores.

Agora eu sei!

★ Um peixe é um animal que vive na água e possui espinha, escamas e nadadeiras.
★ Existem cerca de 28 mil espécies de peixes.
★ Os peixes produzem um muco protetor que recobre sua pele.

Esconde-Esconde **guelra**

COMO os peixes respiram?

Os peixes respiram água, diferentemente dos animais terrestres, que respiram ar. Dentro da cabeça do peixe há um par de **guelras** delicadas, cada uma delas protegida por uma membrana. A água entra pela boca do peixe, passa pelas guelras e sai. As guelras retiram o **oxigênio** da água.

Que legal!

A piramboia consegue respirar ar. Se o lago onde vive secar, ela se enterra na lama e sobrevive dentro de uma espécie de casulo de muco.

TODOS os peixes têm guelras?

Todos os peixes têm guelras, mas alguns, como o bichir, têm um método extra de respiração. O bichir vive em rios e lagos da África. Ele tem guelras, mas também usa sua bexiga natatória como pulmão. O bichir respira engolindo ar na superfície da água. Isso significa que ele consegue viver em águas com pouco oxigênio, como rios não-caudalosos.

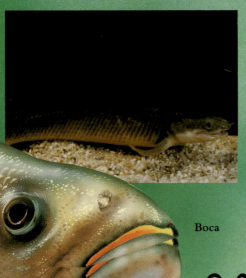

Boca

O QUE são espiráculos?

As arraias são peixes achatados que costumam descansar no fundo do mar. Elas têm a boca na parte de baixo da cabeça, portanto ela não pode ser usada para respiração. Atrás de cada olho há um orifício especial chamado espiráculo. Eles bombeiam água para as guelras, para que as arraias possam respirar mesmo quando estão descansando na areia.

Essa perca fica imóvel em repouso, exceto por pequenos movimentos da boca e das guelras.

Agora eu sei!

★ Os peixes respiram na água por meio das guelras. Eles retiram oxigênio da água.

★ Todos os peixes têm guelras, mas alguns conseguem respirar ar também.

★ Os espiráculos são orifícios que bombeiam água para as guelras.

Esconde-Esconde cabeça

COMO os peixes nadam?

A maioria dos peixes nada realizando um movimento de "S", fazendo movimentos de um lado para o outro. O rabo do peixe o impulsiona para a frente e as nadadeiras na parte de cima e de baixo de seu corpo o mantêm reto. As nadadeiras nas laterais do corpo podem ser usadas como freios. Alguns peixes conseguem ficar parados na água, usando as nadadeiras para manter a posição.

O QUE são peixes-voadores?

Os peixes-voadores vivem perto da superfície da água em mares quentes. Eles têm uma maneira incomum de escapar do perigo. Suas duas grandes nadadeiras parecem asas. Quando atacados, os peixes-voadores conseguem saltar acima da água e planar por dez metros ou mais.

Peixe-voador

A carpa colorida usa as nadadeiras para manter sua posição na água.

Saltador-do-lodo

POR QUE o saltador-do-lodo sai da água?

O saltador-do-lodo vive em **manguezais** na beira do mar. Na **maré** baixa, ele se arrasta no lodo com nadadeiras que parecem pernas. Procura alimentos, como camarões, caranguejos e insetos. Esses peixes têm câmaras branquiais cheias de água que permitem a eles respirar fora da água. Por isso, passam cerca de três quartos do tempo em terra.

Que legal!

A perca-trepadora vive na água, mas consegue andar na terra usando o rabo e as nadadeiras. Consegue respirar ar e algumas espécies ficam fora da água durante vários dias.

O agulhão-bandeira é o peixe que nada mais depressa, a 70 km/h.

Agora eu sei!

★ Os peixes nadam com movimentos em forma de "S", que os impulsionam na água.
★ O peixe-voador consegue "planar" no ar por dez metros.
★ O saltador-do-lodo consegue "andar" pelo lodo na maré baixa.

97

Esconde-Esconde peixe-sargento

POR QUE os peixes vivem em cardumes?

Em mar aberto existem muitos perigos. Os peixes costumam viver em grupos chamados **cardumes** para se manterem seguros — às vezes centenas da mesma espécie nadam juntos. Assim, eles têm mais chance de localizar o perigo e escapar se forem atacados. Em um cardume, os corpos listrados dos peixes-sargento se tornam uma grande massa de listras, dificultando para o predador escolher um peixe para atacar.

Cardume de peixes-sargento

COMO o peixe-leão caça?

O belo peixe-leão costuma viver em **recifes de corais**, onde se alimenta de pequenos peixes e camarões. Ele usa as grandes nadadeiras nas laterais de sua cabeça para encurralar a presa. Quando consegue, abre a boca rapidamente e suga o animal. O peixe-leão não teme os predadores. Suas cores fortes são um aviso de que os espinhos em suas costas são venenosos.

O peixe-leão prende a presa em suas guelras.

Os linguados se escondem no fundo do mar.

POR QUE os linguados mudam de cor?

Muitas espécies de peixes têm o corpo colorido, para poderem se misturar ao ambiente em que vivem. Isso se chama camuflagem. Os linguados conseguem mudar de cor para se confundirem com o fundo do mar. Assim, eles conseguem fugir dos predadores e também caçar. Os peixes pequenos, caranguejos e camarões só percebem sua aproximação quando já é tarde demais.

Que legal!

O baiacu estufa seu corpo, tornando-se grande demais para ser comido.

As piranhas vivem em cardumes e podem devorar grandes mamíferos!

Agora eu sei!

★ Muitos peixes vivem em cardumes, para se manterem seguros.
★ O peixe-leão caça encurralando a presa com suas delicadas nadadeiras.
★ Os linguados se escondem das presas e predadores ficando da mesma cor que o fundo do mar.

Esconde-Esconde cavalo-marinho

COMO os peixes se reproduzem?

A maioria das espécies de peixe põe centenas ou até milhares de pequenos ovos. Eles são espalhados no fundo do mar ou do rio e muitos são comidos por outros peixes. A maioria não cuida de seus filhotes – o trabalho acaba depois que os ovos são depositados no fundo do mar. Mas alguns se esforçam bastante para encontrar um bom lugar para os ovos. Os salmões passam a vida adulta no mar. Quando vão **desovar**, fazem uma longa viagem de volta ao rio onde nasceram.

QUAL peixe faz um ninho com bolhas?

peixe-beta

O beta, ou peixe-de-briga, que vive nos rios calmos do sudeste asiático, protege seus ovos dos predadores. O macho constrói um ninho com bolhas de ar, usando o **muco** de sua boca para evitar que elas estourem. Ele pega os ovos e os coloca no ninho, que depois vigia.

100

QUAL peixe macho tem filhotes?

As fêmeas de algumas espécies de peixe dão à luz filhotes já formados. Eles saem de ovos que ficam dentro do corpo da fêmea. Com os cavalos-marinhos, acontece algo incomum, pois é o macho quem dá à luz. A fêmea põe seus ovos em uma bolsa especial no corpo do macho. Os ovos ficam presos às paredes dentro da bolsa até estarem prontos para nascer. Todos os filhotes saem da bolsa ao mesmo tempo.

Cavalo-marinho macho e seus filhotes

Que legal!

A tilápia carrega seus ovos, e depois seus filhotes, dentro da boca.

O *bitterling* deposita seus ovos dentro de um mexilhão de água doce para protegê-los.

Os salmões conseguem subir pequenas quedas--d'água para chegar ao rio onde desovarão.

Agora eu sei!

★ Os peixes se reproduzem por meio de ovos, geralmente centenas ou milhares deles.
★ Alguns peixes, como o beta, protegem seus ovos dos predadores.
★ Entre os cavalos-marinhos, quem carrega os filhotes na barriga é o macho.

Esconde-Esconde camarão

QUAL peixe vive com outros animais?

Alguns peixes vivem com outras criaturas marinhas, em uma parceria onde ambos se beneficiam, chamada **simbiose**. As grandes anêmonas-do-mar, que são encontradas nos recifes de corais, apanham comida com seus tentáculos venenosos. Os peixes-palhaço conseguem viver entre os tentáculos sem serem feridos. Se algum peixe tentar pegar o peixe-palhaço, pode ser ferido e comido pela anêmona. Em troca, o peixe-palhaço ajuda a proteger a anêmona de criaturas perigosas.

Que legal!

A rêmora se prende a qualquer grande objeto em movimento, como baleias, tubarões, barcos e até mergulhadores!

O peixe-pérola vive dentro do pepino-do-mar.

POR QUE o bodião--limpador tem esse nome?

O minúsculo bodião-limpador vive nos recifes de corais, onde oferece um serviço de limpeza para os peixes maiores, como a garoupa-vermelha. O bodião-limpador faz uma dança especial para mostrar que está pronto para limpar. A garoupa fica parada enquanto o bodião come parasitas e pele morta de seu corpo, boca e guelras. A garoupa fica limpa e o bodião-limpador ganha uma refeição.

QUAL é o peixe que vive com um camarão?

Gobião com seu amigo camarão

O fundo do mar é um lugar perigoso para os camarões e para os peixes pequenos. O gobião se une a um camarão que é quase cego. O camarão usa suas garras para cavar uma toca onde os dois podem se esconder. Quando saem da toca à procura de comida, eles ficam juntos. O gobião alerta o camarão de qualquer perigo, para que os dois possam se esconder.

O peixe-palhaço vive tranquilamente entre os tentáculos venenosos da anêmona-do-mar.

Agora eu sei!

★ Alguns peixes fazem parcerias com outros animais, de modo que ambos se beneficiem.
★ O pequeno bodião-limpador obtém alimento dentro da boca de peixes maiores.
★ O gobião vive em uma toca feita por um camarão.

O QUE é um tubarão?

O tubarão é um tipo de peixe que vive nos oceanos desde a época dos dinossauros. Diferentemente da maioria dos peixes, a estrutura do corpo do tubarão não é formada por ossos, e sim por **cartilagem**, flexível como nossas orelhas. A maioria dos tubarões são caçadores ativos e vivem sozinhos no sombrio mundo submarino. Suas mandíbulas fortes e o formato de seu corpo fazem dele um dos mais perfeitos predadores do planeta.

QUANTAS espécies de tubarão existem?

Existem 370 espécies de tubarão e elas têm tamanhos, formas e cores bem diferentes. Algumas, como o tubarão-de-pontas-negras-do-recife, têm um corpo aerodinâmico que ajuda a ter velocidade. Outras, como o tubarão-zebra, descansam no fundo do mar, onde também caçam.

Tubarão-zebra

Tubarão-de-pontas-negras-do-recife

QUAIS outros peixes são parentes dos tubarões?

Os peixes que chamamos de cação também são tubarões. E as arraias também são peixes cartilaginosos, portanto parentes próximas dos tubarões. Elas têm o corpo achatado, com nadadeiras semelhantes a asas, e parecem "voar" pela água. A maioria tem a boca na parte de baixo da cabeça para comer os animais que ficam no fundo do mar.

Que legal!

Ancestrais dos tubarões viviam nos oceanos há mais de 400 milhões de anos!

Muitos pequenos animais sobrevivem porque os tubarões caçam as criaturas que os comem!

Arraia-de-pintas-azuis

Agora eu sei!

★ O tubarão é um tipo de peixe com uma estrutura feita de cartilagem.

★ Existem 370 espécies de tubarões, que variam de tamanho e formato.

★ As palavras "tubarão" e "cação" têm o mesmo significado.

Esconde-Esconde ★ **fendas branquiais** ★

COMO um tubarão se afoga?

Os tubarões respiram retirando oxigênio da água por meio de suas guelras. Os maiores podem respirar *apenas* quando a água passa pelas guelras. Isso quer dizer que eles precisam ficar nadando, ou param de respirar e se afogam. Os tubarões menores, que vivem na parte mais baixa, podem respirar bombeando água sobre as guelras, por isso conseguem descansar no fundo do mar.

O QUE ajuda o tubarão--branco a nadar sem parar?

Muitos tubarões grandes nadam movimentando a cauda de um lado para o outro, depois deslizando longamente para poupar energia. Ao contrário da maioria dos outros, o tubarão-branco tem a temperatura corporal maior que a de seu ambiente. Isso permite que seus músculos trabalhem melhor, podendo nadar mais depressa e por mais tempo.

QUAL é o tubarão que mais viaja?

Os cientistas conseguiram descobrir quais são os tubarões que mais viajam colocando **etiquetas** nos animais e registrando as informações quando eles voltam. O tubarão-azul é o recordista de maior distância percorrida. Ele costuma nadar dois a três mil quilômetros para se reproduzir ou procurar alimentos. Os cientistas ainda descobriram que os tubarões do fundo do mar geralmente ficam próximos da área onde nasceram.

Que legal!

Quando salta acima da superfície, o tubarão-mako pode se mover a 35 km/h.

Um tubarão-azul recordista percorreu 5.980 km, do Brasil a Nova York!

Em geral, os tubarões-azuis nadam sozinhos, mas vários podem aparecer juntos quando há um cardume de lulas por perto.

Agora eu sei!

★ Se pararem de nadar, os grandes tubarões param de respirar e se afogam.
★ A alta temperatura corporal do tubarão-branco o ajuda a nadar mais depressa por mais tempo.
★ O tubarão-azul é o que percorre maiores distâncias.

QUAL é o alimento favorito do tubarão-branco?

Esconde-Esconde focinho

O tubarão-branco come quase tudo que vê pela frente, embora seu alimento favorito sejam as focas. Também gosta do elefante-marinho, que pode atingir quatro metros de comprimento – mais da metade do tamanho do tubarão-branco. As focas e os leões-marinhos são difíceis de pegar, por isso o tubarão os ataca por baixo, avançando até a superfície para pegá-los de surpresa.

O tubarão-branco consegue saltar acima da água, quando se impulsiona até a superfície para pegar um leão-marinho.

Leão-marinho

108

Que legal!

Um tubarão-peregrino adulto consegue filtrar nove mil litros de água do mar por hora!

Os grandes tubarões costumam engolir objetos estranhos, como garrafas, placas de carros, latas e casacos.

COMO o tubarão--peregrino come plâncton?

O tubarão-peregrino nada com a boca bem aberta. A água do mar entra em sua boca e passa pelas guelras. Cerdas especiais presas ao interior das guelras retiram ou **filtram** o plâncton da água.

Tubarão-peregrino nadando com a boca aberta para pegar plâncton.

QUAL tubarão tem a dieta mais variada?

O tubarão-tigre tem a dieta mais variada de todos os tubarões. Ele come vários tipos de peixes e até mesmo aves marinhas que descansam na superfície do mar. Os dentes afiados de um tubarão-tigre conseguem perfurar carapaças de tartarugas marinhas e caranguejos. Os tubarões-tigres mais jovens comem até cobras marinhas muito venenosas.

Agora eu sei!
★ As focas são o alimento favorito do tubarão-branco.
★ O tubarão-tigre come muitos tipos diferentes de peixes e outros animais.
★ O tubarão-peregrino filtra o plâncton da água do mar.

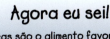

109

Esconde-Esconde nadadeira

COMO nasce o tubarão-limão?

A fêmea do tubarão-limão dá à luz filhotes que se desenvolveram dentro dela durante vários meses. Ela nada para águas rasas e geralmente nascem de quatro a dez filhotes, um por vez. Após descansarem um instante no fundo do mar, os filhotes saem nadando, rompendo o cordão que os une à mãe. Depois disso, precisam se virar sozinhos!

Que legal!

Um tubarão-baleia pode dar à luz 300 filhotes!

Enquanto ainda está na barriga de sua mãe, o filhote de tubarão-mangona ataca e come seus irmãos e irmãs que ainda não nasceram!

Cordão que une o filhote a sua mãe.

110

QUAIS tubarões põem ovos?

Alguns tubarões pequenos, como o cação-bagre, cação-gato, tubarão-tapete e tubarão-de-chifre, põem de 20 a 25 ovos por vez. Cada ovo fica protegido dentro de uma bolsa especial, que fica presa às algas marinhas ou escondida no fundo do mar. Os filhotes crescerão dentro dessa bolsa. O tubarão se alimenta do **saco vitelino** preso ao seu corpo. Ele nascerá depois de vários meses.

Filhotes de tubarão-martelo

Cação-bagre preso ao saco vitelino dentro da bolsa.

POR QUE os tubarões têm poucos filhotes?

Muitos peixes põem milhares de ovos, mas a maioria dos que nascem não sobrevivem porque são comidos por outros peixes. No entanto, grande parte dos tubarões só precisam produzir alguns ovos. Eles se desenvolvem dentro da mãe ou em uma bolsa. Quando os tubarões nascem, são bem maiores que muitos outros peixes, o que evita de serem comidos.

Agora eu sei!
★ Os filhotes de tubarão-limão se desenvolvem dentro de suas mães.
★ Alguns tubarões pequenos põem ovos protegidos por uma bolsa.
★ Os filhotes de tubarão nascem grandes e conseguem fugir dos predadores.

Filhote de tubarão-limão se afastando de sua mãe.

111

TESTE: Peixes

O que você lembra sobre os peixes? Teste seu conhecimento e veja quanto você aprendeu.

1 O que os peixes usam para respirar?
a) rabo
b) escamas
c) guelras

2 Qual é a maior espécie de peixe?
a) tubarão-baleia
b) gobião
c) salmão

3 Onde vive o saltador-do-lodo?
a) manguezais
b) águas do Ártico
c) rios caudalosos

4 Qual é o peixe macho que tem filhotes?
a) acará-bandeira
b) carpa
c) cavalo-marinho

5 Qual é o peixe que vive com uma anêmona-do-mar?
a) peixe-palhaço
b) peixe-sargento
c) peixe-pérola

6 Por que os cientistas colocam etiquetas nos tubarões?
a) para diminuir os ataques de tubarões
b) para registrar as distâncias percorridas
c) para medi-los

7 Qual tubarão pode ter 300 filhotes?
a) tubarão-azul
b) tubarão-baleia
c) tubarão-limão

8 Onde os tubarões-zebra caçam?
a) em rios
b) em oceanos profundos
c) no fundo do mar

9 Qual tubarão percorre a maior distância?
a) tubarão-limão
b) tubarão-branco
c) tubarão-azul

10 O que o tubarão-peregrino come?
a) tartarugas marinhas
b) linguados
c) plâncton

Encontre as respostas na página 160.

Litorais

Angela Wilkes

O QUE é litoral?

Esconde-Esconde: pássaro tropical

Toda a terra do planeta — todas as ilhas e continentes — tem mar ao seu redor. O lugar onde a terra encontra o mar chama-se litoral. E o litoral é diferente dos outros lugares porque partes dele ficam debaixo da água durante uma parte do dia, e descobertas na outra. Os litorais abrigam todo tipo de plantas e animais interessantes.

Rabo-de-palha de cauda vermelha voando até o mar para pescar.

As tartarugas-verdes vão até a praia para pôr seus ovos na areia a cada dois ou quatro anos.

Que legal!
O mar cobre dois terços da superfície da Terra! Ao redor do Ártico e da Antártida, os litorais são cobertos de neve e gelo.

COMO são os diferentes litorais do mundo?

A paisagem litorânea muda conforme a temperatura do lugar, o vento e os tipos de rochas que formam o solo. Alguns litorais são compostos apenas de rochas ou penhascos. Alguns são compostos de manguezais. Outros têm praias com recifes de corais. As praias podem ter areia ou pedras. Os litorais cobertos de gelo abrigam apenas alguns animais, como os pinguins, mas muitos animais diferentes podem viver nas costas mais quentes.

Piscinas naturais podem ser encontradas em costas rochosas. Elas abrigam muitos animais diferentes, como os caranguejos.

ONDE podemos encontrar animais no litoral?

Grande parte dos animais litorâneos se escondem em locais protegidos. Os moluscos e as minhocas vivem nas rochas ou sob a areia. Os peixes nadam no mar. As aves procuram comida ao longo da costa e fazem seus ninhos nos penhascos. As dunas de areia são um abrigo seco para répteis e insetos.

Agora eu sei!
- ★ O litoral é o lugar onde a terra encontra o mar.
- ★ Existem muitos tipos diferentes de litoral no mundo.
- ★ Os animais litorâneos se abrigam em locais onde podem se esconder.

115

Esconde-Esconde cormorão

POR QUE as gaivotas fazem ninhos em penhascos?

Os penhascos altos e as ilhas rochosas são locais seguros para as aves marinhas fazerem seus ninhos. Ali, elas ficam perto do mar e dos peixes que comem, mas longe do alcance de inimigos, como ratazanas e raposas. As gaivotas se reúnem nas saliências rochosas para construir seus ninhos com lama e algas marinhas. Outras aves fazem seus ninhos com gravetos, ou põem seus ovos diretamente nas rochas.

Que legal!

Os airos põem seus ovos em escarpas íngremes com poucos centímetros de largura.

As águias americanas constroem os maiores ninhos!

COMO os filhotes de gaivota-prateada se alimentam?

As gaivotas-prateadas pegam peixes, moluscos e caranguejos para comer. Quando um dos pais volta ao ninho, o filhote bate na mancha vermelha em seu bico. Isso faz com que a ave vomite alimentos mastigados que acabaram de ser engolidos para alimentar seu filhote.

Gaivota-prateada alimentando seu filhote.

ONDE os papagaios-do-mar põem seus ovos?

Os papagaios-do-mar fazem seus ninhos no alto de penhascos na primavera e no verão. Abrem buracos na **turfa** macia com seus bicos grandes e fortes. Ou põem seus ovos em antigas tocas de coelhos, onde ficarão protegidos. Depois que os filhotes saem do ovo, os papagaios-do-mar voam para passar o inverno no mar.

Gaivota-prateada

Papagaio-do-mar

Atobás

Gaivotas

Agora eu sei!

★ As aves marinhas fazem ninhos em penhascos, onde ficam protegidas de seus inimigos.
★ As gaivotas-prateadas vomitam a comida para seus filhotes.
★ Os papagaios-do-mar põem seus ovos em tocas no alto dos penhascos.

117

Esconde-Esconde ervilha-do-mar

O QUE são dunas?

Nas praias de areia mais amplas, fortes ventos geralmente sopram a areia seca para longe. Às vezes, a areia é levada até a vegetação no fundo da praia, onde pode se acumular e formar montes chamados dunas. O capim que cresce nas dunas segura a areia com suas raízes. Quanto mais areia se acumula, maiores as dunas ficam. Uma camada fina de solo se forma, e mais plantas crescem. Elas atraem muitos tipos de animais.

Borboleta-amarela

Papoula-das-praias

Gafanhoto

COMO as plantas sobrevivem nas dunas?

As plantas das dunas precisam ser resistentes, porque a brisa salgada e o sol podem ser fortes, e há pouquíssima água. A maioria delas cresce perto do chão e tem raízes compridas que se espalham, mantendo-as firmes no lugar. Muitas têm folhas duras e carnudas que não se ressecam, ou folhas com pelos que retêm pequenas gotas de água.

Cornichão

118

QUAIS animais vivem nas dunas?

As folhas e as flores nas dunas atraem insetos, como gafanhotos e borboletas. Lagartos correm pela areia quente. Aves se alimentam de insetos durante o dia. Coelhos, sapos, lesmas e ratos saem para se alimentar à noite. As raposas começam a caçar ao anoitecer, quando fica mais fresco. Os rastros e as pegadas de muitos animais podem ser vistos nas dunas logo cedo.

As raposas e seus filhotes visitam as dunas ao anoitecer para caçar animais como coelhos, insetos e ratos.

As borboletas são atraídas às dunas pelas flores coloridas das quais se alimentam.

Borboleta
Argynnis aglaja

Que legal!

A grama marram cresce mais rápido se estiver coberta de areia!

Se não houvesse plantas para segurar a areia, as dunas mudariam de forma e de lugar o tempo todo!

Grama marram

Serralha

Ansarinha

Sapo-
-corredor

Agora eu sei!

★ As dunas são montes de areia que se formam em algumas praias.
★ As plantas das dunas têm raízes compridas e folhas que não se ressecam.
★ Nas dunas vivem insetos, lagartos, sapos, coelhos e raposas.

Esconde-Esconde: concha de molusco

COMO as águas-vivas encalham na praia?

Ao longo da costa, a maré sobe e desce duas vezes ao dia. A cada maré alta, algas marinhas e outros objetos são lançados na praia, e ficam para trás quando a maré baixa. Uma longa faixa de algas e pedregulhos na praia mostra até onde a maré sobe. Durante as tempestades, quando o mar se agita, algumas águas-vivas são lançadas à praia na maré alta e ficam **encalhadas**.

Que legal!

Enormes sementes de coqueiro-do-mar viajam à deriva por milhares de quilômetros!

As marés mais altas acontecem na Baía de Fundy, no Canadá. Elas podem subir mais de 14 metros (a altura de um prédio de cinco andares)!

Gaivotas

Bodelha

DE ONDE vêm as conchas?

As conchas já tiveram pequenos animais chamados moluscos vivendo dentro delas. As conchas duras protegiam seus corpos frágeis. Algumas conchas, como as dos búzios, são inteiriças e às vezes espiraladas. Outras, como as dos mexilhões, têm duas metades unidas por uma pequena dobradiça.

O QUE podemos encontrar na linha da maré alta?

Na praia, encontraremos algas marinhas, conchas, pedaços de **madeira flutuante**, pulgas-do-mar, estrelas-do-mar e caranguejos mortos. Também é possível encontrar as bolsas que envolvem os filhotes de tubarões e arraias, e esqueletos de peixes e pássaros. Cuidado para não encostar em nenhuma água-viva, pois você pode se queimar.

Água-viva encalhada
Estrela-do-mar
Bolsa
Búzios
Pulga-do-mar

Agora eu sei!
★ As criaturas marinhas às vezes ficam encalhadas na praia na maré alta.
★ As conchas já tiveram moluscos vivendo dentro delas.
★ Podemos encontrar muitas coisas diferentes na linha da maré alta.

Esconde-Esconde ★ lapa ★

POR QUE os vermes da areia vivem enterrados?

Debaixo da areia é sempre frio e úmido, por isso ela se torna um bom esconderijo para os animais que fazem tocas. Os moluscos, os vermes da areia e muitas outras criaturas vivem em buracos sob a areia. Ali, eles se escondem de predadores como aves e caranguejos. A areia molhada também impede que o vento e o sol os ressequem.

COMO esses animais se alimentam?

Os moluscos se alimentam quando a maré sobe. Eles esticam pequeninos tubos de alimentação para fora da concha e sugam a água do mar. Filtram os pedaços de comida, depois soltam a água. Os vermes engolem areia quando cavam, comendo os alimentos que encontram e deixando restos e fezes na superfície.

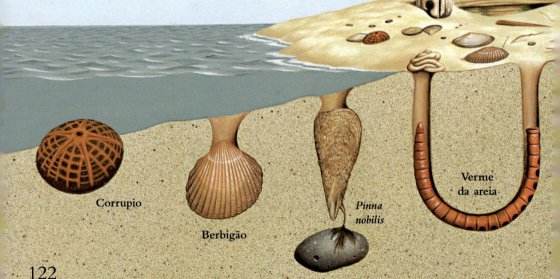

Corrupio

Berbigão

Pinna nobilis

Verme da areia

ONDE o ouriço-roxo cava seus abrigos?

Os ouriços-roxos cavam seus abrigos em rochas. Eles roem a rocha com a boca e esfregam seus espinhos duros para cavar um túnel. Costumam ficar presos em seus abrigos depois que crescem.

Que legal!

As navalhas conseguem enterrar metade de sua concha na areia em apenas um segundo!

Um ouriço da Califórnia demorou 20 anos para abrir um buraco em uma viga de aço!

Martesia

Unha-de-moça

Navalha

Agora eu sei!

★ Os vermes da areia e os moluscos cavam buracos na areia para se esconder.
★ Os moluscos que se enterram na areia têm tubos que filtram a comida da água do mar.
★ Os ouriços-roxos escavam as rochas com a boca e os espinhos.

COMO o ostraceiro consegue seu alimento?

Esconde-Esconde anêmona

Quando a maré baixa, pássaros vão para a costa à procura de alimentos. Os ostraceiros gostam de comer vermes e moluscos, como os mexilhões. Usam seus longos bicos alaranjados para arrancar os moluscos das rochas, e alguns batem na concha com o bico até ela se abrir. Outros usam o bico para abrir as conchas e comer seu conteúdo.

O vira-pedras revira os pedregulhos, procurando camarões e moluscos escondidos.

Ostraceiro

Que legal!

O maçarico-de-bico-torto tem um bico muito sensível, capaz de perceber o movimento de insetos na areia ou na lama debaixo dele!

Se seus ovos ou filhotes estiverem em perigo, a tarambola finge estar ferida para afastar os inimigos do ninho!

POR QUE o maçarico tem o bico tão comprido?

As aves litorâneas têm bicos no formato certo para remexer a areia e a lama à procura de alimentos. O maçarico tem o bico bem comprido para enfiá-lo na areia e sentir a presença de vermes e moluscos. As tarambolas e outras aves com bicos curtos procuram comida perto da superfície da areia ou na água. Assim, pássaros diferentes podem se alimentar juntos, mas sem disputar a comida.

ONDE a tarambola põe seus ovos?

As tarambolas vivem em praias pedregosas e põem seus ovos em buracos rasos no chão. Seus ovos são claros e pintados como as pedras ao redor, por isso ficam bem camuflados. As penas da mãe também se misturam ao ambiente, assim os inimigos não a vêem quando ela choca seus ovos.

Maçarico

Gaivota-de-cabeça-preta

Agora eu sei!

★ O ostraceiro consegue abrir conchas com seu bico afiado.
★ O bico comprido do maçarico o ajuda a procurar comida na areia.
★ A tarambola põe seus ovos camuflados em buracos rasos nas praias pedregosas.

O QUE vive em uma piscina natural?

Esconde-Esconde lesma-do-mar

Por baixo da superfície calma de uma piscina natural existe um mundo aquático maravilhoso. As algas marinhas crescem ali e todo tipo de animais pode se esconder e alimentar com segurança quando a maré baixa. Mariscos e anêmonas se prendem às rochas, caranguejos andam pela areia e pequenos peixes nadam de um lado para o outro.

A estrela-do-mar envolve uma concha e a abre para comer o animal em seu interior.

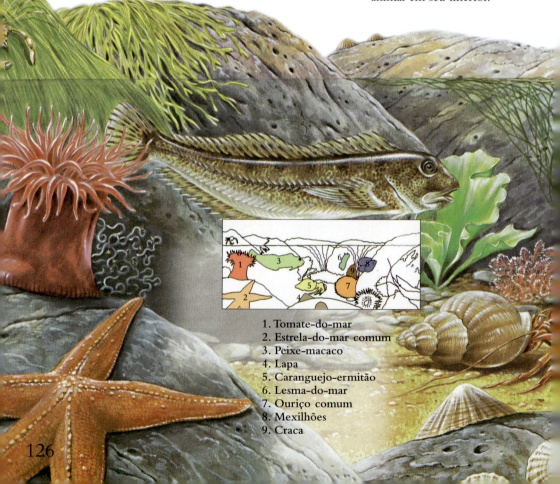

1. Tomate-do-mar
2. Estrela-do-mar comum
3. Peixe-macaco
4. Lapa
5. Caranguejo-ermitão
6. Lesma-do-mar
7. Ouriço comum
8. Mexilhões
9. Craca

POR QUE as lapas se prendem às pedras?

Os moluscos têm que se prender às rochas ou acabariam sendo levados por ondas fortes. A lapa se prende à rocha com um forte pé musculoso, mas ainda assim consegue se locomover. Os mexilhões ficam presos às rochas por **fios de bisso**. A craca se fixa a uma rocha e fica ali a vida toda.

Que legal!

As cracas atraem comida balançando suas patas peludas!

Alguns ouriços-do-mar usam pedras, conchas e algas para se disfarçarem!

COMO os ouriços se alimentam?

Os ouriços espinhosos se deslocam pelas rochas prendendo-se com finos pés em forma de tubo que são como ventosas. A boca fica na parte de baixo do corpo. Os ouriços-do--mar comem algas e pequenas plantas, arrancando-as das rochas com seus dentes fortes.

Agora eu sei!

★ As piscinas naturais servem de esconderijo para muitos animais marinhos.
★ As lapas se prendem às rochas em busca de proteção.
★ Os ouriços-do-mar se alimentam usando dentes fortes que ficam escondidos.

127

Esconde-Esconde **búzio**

POR QUE o caranguejo tem garras?

Os caranguejos usam suas garras para pegar os alimentos e parti-los. Elas também são usadas como armas para lutar com seus inimigos. Os machos têm garras maiores que as das fêmeas. A maioria dos caranguejos tem uma carapaça dura como armadura, para se proteger dos inimigos. Mesmo assim, costumam ser devorados por aves litorâneas, polvos e mamíferos como as focas e as lontras.

Esse caranguejo está com as garras para cima, pronto para se defender.

COMO os camarões e lagostins nadam?

Os camarões e lagostins nadam no fundo do mar, usando como remos as patas peludas na metade traseira do seu corpo. Conseguem nadar para trás batendo a cauda em forma de leque. Enquanto nadam, pegam os pedaços de comida que encontram usando as garras das patas dianteiras.

Lagostins comuns

ONDE as lagostas encontram alimento?

As lagostas encontram seu alimento nas águas rasas perto da praia. Em geral, escondem-se durante o dia e saem para comer à noite. São necrófagas — alimentam-se de peixes e outros animais mortos ou morrendo. A maioria das lagostas vive perto de um litoral a vida toda. Mas algumas migram para outros litorais, provavelmente à procura de um novo lugar para se alimentar.

Lagosta

Que legal!

Todo ano, milhares de lagostas-espinhosas migram mais de 100 km em fila única, no fundo do mar, perto da costa da Flórida, nos EUA!

O caranguejo-ermitão não tem carapaça própria. Ele entra em conchas vazias!

Agora eu sei!

★ Os caranguejos usam as garras para comer e para lutar com os inimigos.
★ Os camarões e lagostins nadam usando as patas traseiras e a cauda.
★ As lagostas são necrófagas e encontram alimento em águas rasas.

Camarão comum

TESTE: Litorais

O que você lembra sobre as litorais? Teste seu conhecimento e veja quanto você aprendeu.

1 Com que frequência a maré sobe e desce?
a) uma vez por semana
b) uma vez por dia
c) duas vezes por dia

2 Onde as gaivotas constroem seus ninhos?
a) no topo de penhascos
b) em saliências rochosas
c) em dunas

3 Que planta mantêm a areia das dunas no lugar?
a) algas marinhas
b) capim
c) papoula

4 Qual é o animal que pode nos queimar?
a) água-viva
b) arraia
c) búzio

5 Qual animal escava as rochas?
a) ouriço-do-mar
b) verme da areia
c) berbigão

6 Qual marisco passa a vida toda no mesmo lugar?
a) lapa
b) unha-de-moça
c) craca

7 Que animais conseguem nadar para trás?
a) caranguejos
b) camarões
c) corrupios

8 Quais pássaros às vezes fazem ninhos em antigas tocas de coelhos?
a) papagaios-do-mar
b) atobás
c) gaivotas-prateadas

9 O que indica o limite atingido pela maré alta?
a) rochas
b) grama
c) algas marinhas

10 Qual ave tem o bico comprido e curvado?
a) ostraceiro
b) maçarico
c) tarambola

Encontre as respostas na página 160.

130

Floresta Tropical

Angela Wilkes

Esconde-Esconde tucano

O QUE é uma floresta tropical?

É uma floresta úmida e densa que se desenvolve em países tropicais, onde faz calor o tempo todo. Milhões de árvores gigantes crescem bem juntas, cercadas por plantas exóticas e **trepadeiras**. Chove quase todos os dias e não se distinguem as estações, por isso as árvores florescem o ano todo. Em nenhum outro lugar existem mais espécies de plantas e animais.

POR QUE as árvores crescem tanto?

Gibão

As árvores crescem muito depressa nesse ambiente quente e úmido. Elas disputam a luz do sol, por isso ficam tão altas. A maioria tem troncos finos e longos. Espalham seus galhos a cerca de 50 metros do chão, formando um frondoso **dossel**. Mas algumas árvores gigantes, chamadas **emergentes**, crescem ainda mais, e se destacam sobre o resto da floresta.

Boa parte dos animais pequenos do planeta, como esse minúsculo camaleão, vive nas florestas tropicais.

Perereca venenosa de faixa amarela

Camaleão-anão

Arara-
-vermelha

Borboleta-azul

Formiga
saúva

Que legal!

Mais da metade das plantas e animais conhecidos vivem nas florestas tropicais!

As florestas tropicais são como enormes esponjas. Algumas conseguem reter dez metros de chuva todos os anos!

Araras e tucanos coloridos vivem no dossel da floresta.

QUAIS animais vivem na floresta?

Nas florestas tropicais vive uma incrível variedade de animais. Desde mosquitos, cobras e pererecas venenosas, até borboletas do tamanho de aves, papagaios exóticos e grandes macacos. Os animais vivem em níveis diferentes nas árvores, dependendo de onde encontram alimento. Alguns percorrem o sombrio chão da floresta, enquanto outros vivem no escuro **sub-bosque** ou passam a vida toda no topo ensolarado das árvores.

Agora eu sei!

★ As florestas tropicais se desenvolvem em locais quentes, onde chove muito.
★ As árvores crescem bastante para alcançar a luz do sol.
★ Nas florestas tropicais vive uma imensa variedade de animais.

133

Esconde-Esconde centopeia

POR QUE o chão da floresta é escuro?

A parte inferior da floresta tropical é escura porque pouca luz do sol entra pelo denso dossel das folhas acima. Ali é quente, úmido e não há vento. O chão é coberto por uma camada de folhas mortas, raízes retorcidas e **brotos** de plantas. Na verdade, é tomado por milhões de insetos e minúsculas criaturas.

O QUE são raízes gigantes?

As gigantescas árvores da floresta tropical costumam ter enormes raízes que parecem asas de madeira, ao redor da base do tronco. São as chamadas **raízes gigantes**. Elas ajudam a sustentar as árvores altas, reforçando suas bases.

Perereca venenosa vermelha e azul

Anta

Formigas-de-correição

Caranguejeira

Que legal!

Fileiras de até 150 mil formigas-de-correição marcham pelo chão da floresta, atacando pequenos animais pelo caminho!

As raízes gigantes podem ter a altura de uma casa pequena!

ONDE vive a onça-pintada?

A onça é o maior felino da América do Sul e vive perto de rios no meio da floresta. Costuma caçar ao amanhecer ou anoitecer, quando suas manchas ajudam a se esconder entre as árvores. As onças nadam muito bem e pegam peixes, tartarugas e até crocodilos. Também sobem em árvores à procura de macacos e bichos-preguiça.

Borboleta vice-rei

Helicônia

Onça-pintada

Perereca venenosa roxa e preta

Agora eu sei!

★ O chão da floresta é escuro porque pouca luz do sol chega até lá.
★ As raízes gigantes ajudam a escorar as árvores altas da floresta.
★ As onças vivem perto de rios nas florestas da América do Sul.

Esconde-Esconde cigarra

COMO as plantas sobem nas árvores?

As trepadeiras não conseguem chegar ao dossel sozinhas. Por isso, enrolam-se nas árvores presas por ganchos ou **gavinhas** e sobem em direção à luz do sol. Longas plantas lenhosas chamadas **cipós** passam de uma copa a outra, e suas longas raízes parecidas com cordas descem até o chão.

Cipó

Cobra-de-pestana

QUAL parreira tem folhas venenosas?

A **parreira** de maracujá tem folhas venenosas. As lagartas de borboleta helicônia comem essas folhas e se tornam venenosas também, antes de virarem borboletas. As manchas vermelhas e pretas das borboletas avisam aos outros animais de que são venenosas.

Borboleta helicônia

Flor de helicônia

Flor de maracujá

Perereca venenosa de faixa amarela

Que legal!

As folhas em forma de coração da orelha-de-elefante são tão largas, que uma criança poderia dormir sobre ela!

As figueiras mata-pau descem pelas árvores enrolando suas raízes nos troncos!

POR QUE as folhas são tão grandes?

Nas partes escuras da floresta, algumas plantas têm folhas enormes para que possam receber mais luz do sol. Isso as ajuda a crescer. As folhas funcionam melhor se não estiverem encharcadas, por isso a maior parte delas têm superfícies lisas e pontas que escorrem a água. Assim, não retêm a chuva que cai.

Figueira mata-pau

Costela-de-adão

Jararaca

Perereca-de-
-olhos-vermelhos

Agora eu sei!

★ As trepadeiras sobem pelas árvores usando ganchos ou gavinhas.
★ As parreiras de maracujá têm folhas venenosas.
★ As plantas da floresta tropical têm folhas grandes para receber mais luz do sol.

Esconde-Esconde perereca

QUEM vive no topo das árvores?

No topo das árvores vivem pássaros, macacos, cobras e muitos outros animais. Aqui, os galhos das árvores se entrelaçam formando um enorme dossel frondoso, com muitos lugares para se abrigar e fazer ninhos. É quente, ensolarado e há frutas, sementes e folhas o ano todo.

Cobra-papagaio

ONDE os japus fazem seu ninhos?

Os pássaros chamados japus fazem ninhos que parecem cestos pendurados nas árvores. As fêmeas tecem os ninhos com folhas e prendem nas pontas de galhos finos, onde ficarão fora do alcance de inimigos.

Tamanduaí

Que legal!

O topo de uma árvore da floresta pode ser tão grande quanto um campo de futebol!

Os japus fazem seus ninhos perto dos ninhos de vespa para afastar os inimigos!

138

Harpia

Tucano

Macaco-aranha

Bicho-
-preguiça

COMO o macaco-aranha se segura nas árvores?

O macaco-aranha usa os braços, as pernas e o rabo comprido e forte para se segurar nas árvores. Enrola o rabo nos galhos para poder se pendurar enquanto pega frutas com as mãos. A ponta do rabo tem uma parte sem pelos, como a palma da nossa mão, que ajuda a se segurar com mais força.

Beija-flor

Agora eu sei!
★ Nos topo das árvores vivem pássaros, macacos, cobras e muitos outros animais.
★ Os japus fazem ninhos pendurados nos galhos das árvores.
★ O macaco-aranha usa o rabo para se segurar nas árvores.

39

Esconde-Esconde orquídea

O QUE é uma epífita?

Muito acima do chão, os galhos e troncos das árvores da floresta são cobertos de plantas e flores, como um jardim tropical. Essas plantas chamam-se **epífitas**, ou plantas aéreas. Elas não conseguem crescer no chão escuro da floresta, mas vivem no topo das árvores, onde há bastante luz. As epífitas se prendem às árvores usando suas minúsculas raízes como âncoras.

Que legal!

Uma bromélia bem grande pode conter o equivalente a um balde de água!

Mais de 28 mil tipos de epífitas crescem nas árvores das florestas tropicais!

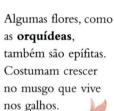

Algumas flores, como as **orquídeas**, também são epífitas. Costumam crescer no musgo que vive nos galhos.

COMO as epífitas conseguem água?

As epífitas têm muitas maneiras de conseguir água. Algumas têm raízes esponjosas que ficam penduradas nos galhos e absorvem água do ar. Outras têm enormes folhas bem lisas, que fazem a água da chuva escorrer até as raízes. Plantas espinhosas chamadas **bromélias** têm folhas sobrepostas na base, onde a água forma pequenas lagoas. Muitas plantas armazenam folhas mortas para formar uma camada úmida de **adubo** onde possam crescer.

ONDE as pererecas se escondem?

Durante a parte mais quente do dia, as minúsculas pererecas ficam nas pequenas lagoas que se formam nas plantas, ou se escondem sob folhas úmidas. A água das bromélias atrai muitos insetos para as pererecas comerem. Algumas lagoas são fundas o bastante para que as pererecas ponham seus ovos na época de procriação.

Agora eu sei!

★ As epífitas são plantas que crescem no topo ensolarado das árvores.
★ As epífitas absorvem água do ar ou a recolhem nas folhas.
★ As pererecas se escondem nas lagoas dentro das plantas ou sob folhas úmidas.

Esconde-Esconde taturana

O QUE os beija-flores comem?

Os beija-flores se alimentam de néctar, um suco adocicado encontrado nas flores. Eles não pousam nas flores para se alimentar. Em vez disso, pairam diante delas como helicópteros, batendo as asinhas até 90 vezes por segundo. Isso os mantêm parados tempo suficiente para enfiar seus longos bicos dentro das flores e sugar o néctar.

Que legal!

A raflésia, a maior flor do mundo, tem cheiro de carniça!

As abelhas presas dentro de certas orquídeas precisam atravessar um labirinto de obstáculos para sair!

Orquídea

COMO as abelhas ajudam as orquídeas?

Muitas abelhas da floresta tropical se alimentam de néctar e pólen das orquídeas. Enquanto pousam nas flores para se alimentar, levam o pólen de uma flor a outra. Isso ajuda as flores a produzir sementes, para que nasçam mais orquídeas.

COMO as plantas capturam insetos?

As sarracênias capturam insetos para absorver os **nutrientes** que eles contêm. Essas plantas parecem jarros cheios de líquido até a metade. O néctar na beirada do jarro atrai os insetos. Eles pousam nas bordas escorregadias, caem dentro do líquido e se afogam.

Sarracênia

Borboleta-tigre

Abelha

Agora eu sei!

★ Os beija-flores se alimentam do suco dentro das flores, chamado néctar.
★ As abelhas levam o pólen de uma orquídea a outra.
★ As sarracênias capturam insetos em seu interior.

Esconde-Esconde ★ mosca ★

POR QUE o camaleão muda de cor?

Os camaleões são lagartos que vivem nas árvores das florestas tropicais. Eles se camuflam ficando parados e mudando de cor para se misturar ao ambiente. Assim, não são vistos pelos insetos. O camaleão tem a língua oca e pegajosa, tão comprida quanto seu corpo e cauda. Quando um inseto chega bem perto, ele põe a língua para fora e o apanha.

Que legal!

Os camaleões conseguem girar os olhos e olhar para duas direções ao mesmo tempo!

Os índios da América do Sul mergulham suas flechas no veneno das pererecas para deixá-las mais mortíferas!

QUAIS são as pererecas mais coloridas?

Muitas pererecas das florestas tropicais são coloridas, mas as pererecas venenosas são as que têm as cores mais vibrantes. Esses bichinhos são extremamente venenosos. Suas manchas e cores vivas são um sinal de alerta aos animais que possam querer comê-los, como as cobras.

Pererecas venenosas

Camaleão camuflado

144

Língua comprida do camaleão

Píton-
-reticulada

COMO uma píton se esconde?

A píton-reticulada fica imóvel entre as folhas mortas no chão da floresta. As manchas coloridas em sua pele ajudam a se confundir com as folhas e se camuflar. A píton espera a aproximação de pequenos animais, como rãs e pássaros. Ela aperta a presa até sufocá--la, depois a engole inteira.

Agora eu sei!

★ Os camaleões mudam de cor para conseguir pegar insetos.
★ As pererecas venenosas têm cores vivas.
★ As manchas na pele da píton ajudam-na a se esconder entre as folhas mortas.

145

Esconde-Esconde basilisco

POR QUE as florestas tropicais são importantes?

Por muitos motivos. Elas abrigam plantas e animais que não vivem em nenhum outro lugar do mundo. Muitos alimentos e coisas que usamos diariamente, como café, cacau e borracha, vêm de plantas das florestas tropicais. Outras plantas são usadas para fazer remédios que podem salvar vidas. A enorme quantidade de árvores das florestas também afeta o clima em todo o mundo. Sem as florestas tropicais, uma região fria poderia ficar mais quente e uma área seca poderia ficar mais úmida.

Mico-leão-dourado

QUAIS animais e plantas estão ameaçados de extinção?

Florestas tropicais do mundo todo estão sendo derrubadas. Quando isso acontece, todas as plantas morrem e muitos animais perdem seus lares e seus alimentos. Alguns são mortos por caçadores ou capturados e vendidos como animais de estimação. Assim, muitas espécies de plantas e animais, desde insetos até gorilas, estão se tornando muito raros. Alguns, como o mico-leão-dourado, são tão raros que correm o risco de desaparecer.

Borboleta-azul

Que legal!

Todos os anos, entre 15 e 20 milhões de animais das florestas tropicais são contrabandeados para fora do Brasil e vendidos como animais de estimação!

Uma área de floresta do tamanho da Califórnia é destruída no mundo todo ano!

POR QUE as florestas estão sendo destruídas?

As florestas tropicais são destruídas para que as pessoas possam ganhar dinheiro. Muitas árvores são cortadas porque têm madeira valiosa. Enormes áreas de florestas são derrubadas por empresas em busca de minérios ou petróleo. Outras áreas são destruídas para a agricultura. Depois de alguns anos, a terra fica como um deserto. Nada mais pode ser plantado, por isso mais florestas são derrubadas.

Quati

Perereca venenosa

Agora eu sei!

★ As florestas tropicais têm plantas e animais valiosos, e ajudam a controlar o clima.
★ Muitas plantas e animais estão se tornando raros.
★ As florestas são derrubadas por causa da madeira, da agricultura e dos minérios.

147

TESTE: Florestas Tropicais

O que você lembra sobre as florestas tropicais? Teste seu conhecimento e veja quanto você aprendeu.

1 Onde encontramos as florestas tropicais?
a) em locais frios
b) em locais quentes
c) em locais secos

2 O que vive no chão das florestas?
a) macacos
b) pássaros
c) insetos

3 Qual planta tem folhas venenosas?
a) figueira
b) orquídea
c) maracujá

4 O que são epífitas?
a) plantas
b) insetos
c) pássaros

5 O que o macaco-aranha gosta de comer?
a) frutas
b) minhocas
c) pássaros

6 Qual planta captura insetos?
a) sarracênia
b) helicônia
c) bromélia

7 Onde a píton-reticulada se esconde?
a) no topo das árvores
b) debaixo d'água
c) nas folhas mortas

8 Onde os camaleões vivem?
a) no chão
b) nas árvores
c) nas lagoas

9 O que as plantas trepadeiras usam para se segurar nas árvores?
a) parreiras
b) gavinhas
c) folhas

10 Qual é o animal que muda de cor?
a) camaleão
b) perereca
c) macaco-aranha

Encontre as respostas na página 160.

GLOSSÁRIO

Abdômen: A parte inferior de um inseto que contém o estômago e, nas fêmeas, onde são produzidos os ovos.

Adubo: Restos de plantas que são misturados à terra para que ela fique saudável.

Aerodinâmico: Formato que facilita a locomoção no ar ou na água.

Antenas: "Sensores" na cabeça de um inseto que são usados para tocar, sentir o gosto ou o cheiro.

Aracnídeos: Grupo de animais rasteiros com oito patas, como aranhas e escorpiões.

Ártico: A região gelada ao redor do Pólo Norte.

Aves de rapina: Aves que caçam e matam outros animais para comer.

Barragem: Construção, em um rio, feita de lenha e pedras unidas com lama.

Bexiga natatória: Um órgão cheio de ar que ajuda o peixe a flutuar. Alguns tipos de peixes também a usam para respirar.

Bromélias: Plantas com grossas folhas sobrepostas, como a coroa de um abacaxi.

Broto: Plantas jovens que se desenvolveram de sementes.

Camuflagem: Uma cor, formato ou desenho que ajuda um animal a se esconder. Um animal camuflado fica parecido com o ambiente ao seu redor, portanto mais difícil de ser visto.

Cardume: Um grande grupo de peixes que nadam e se alimentam juntos.

Carniça: O corpo de um animal morto.

Carnívoros: Animais que se alimentam principalmente de carne.

Cartilagem: Material leve e flexível que forma o esqueleto de um tubarão. As nossas orelhas também são feitas de cartilagem.

Caverna: Buraco natural que pode servir como abrigo de um animal selvagem.

Células: Minúsculas unidades vivas que formam o corpo de um animal.

149

Chocar: Manter aquecido. Os ovos são chocados para que os filhotes das aves ou outros animais possam se desenvolver dentro deles.

Cipós: Plantas trepadeiras com caules lenhosos.

Colônias: Grupos da mesma espécie de animal, como as formigas, que vivem e trabalham juntos em um determinado lugar.

Comunicar: Transmitir informações, sentimentos e ideias para outros. Existem muitas maneiras de se comunicar. O canto de um pássaro, o rugido de um leão e os gritos de um chimpanzé são formas de se comunicar usando o som. Alguns animais usam movimentos especiais para transmitir uma mensagem ou aviso aos outros.

Correntes: Deslocamentos de água ou ar.

Cortejar: Comportar-se de maneira especial para atrair um parceiro.

Crocodilianos: Grupo de répteis que inclui os crocodilos, jacarés e gaviais.

Desovar: Pôr uma grande quantidade de ovos. Peixes e sapos são exemplos de animais que desovam.

Digerir: Desintegrar o alimento em pedacinhos que possam ser usados pelo corpo.

Dossel: A parte de uma floresta tropical onde as árvores espalham seus galhos frondosos como um telhado.

Ecdise: Troca de pele, pena ou pelos. Os insetos, aranhas e cobras perdem a pele toda antes que outra nasça. Os pássaros e mamíferos perdem as penas ou pelos velhos e gastos, depois crescem outros em seu lugar.

Eclodir: Sair do ovo.

Ecolocalização: O sistema usado pelos morcegos e golfinhos para se localizar no escuro.

Emergentes: Enormes árvores das florestas tropicais que crescem mais que as outras ao seu redor.

Encalhado: Arrastado pela água e deixado na praia.

Epífitas: Plantas que crescem sobre árvores ou outras plantas, em vez de crescer no chão.

Espécie: Um determinado tipo de animal, planta ou indivíduo.

Estuários: Região onde um rio encontra o mar.

Etiquetas: Plaquinhas de plástico contendo chips eletrônicos que emitem sinais que os cientistas podem acompanhar. Essas etiquetas são presas às nadadeiras dos tubarões, por exemplo – sem machucá-los.

Exoesqueleto: Esqueleto externo de um inseto ou aranha que sustenta e protege o resto do corpo.

Filtrar: Separar o alimento de substâncias como a água.

Fios de bisso: Os minúsculos fios com os quais alguns moluscos se prendem às rochas.

Florestas tropicais: Florestas densas, com chuvas fortes, situadas perto dos trópicos.

Garras: As unhas longas e afiadas de uma ave de rapina.

Gavinhas: Espécie de "fiozinhos" com que as plantas trepadeiras agarram nas árvores e se enrolam nelas.

Glândulas: Partes do corpo que produzem uma substância especial, como veneno.

Graxa: Camada grossa de gordura sob a pele de um mamífero marinho que o mantém aquecido.

Guelras: Partes delicadas, parecidas com penas, que ficam atrás dos olhos de um peixe. Os peixes respiram oxigênio quando a água passa pelas suas guelras.

Habitat: O ambiente natural de um animal ou planta. As florestas, pântanos e savanas são exemplos de habitats.

Herbívoros: Animais que só comem plantas.

Hibernação: Período em que alguns animais passam vários meses de inverno em sono profundo. Nas regiões frias do mundo, a hibernação ajuda muitos animais a sobreviver no inverno.

Insetívoros: Animais que comem apenas insetos.

Insetos: Grupo de animais que possuem seis patas e têm o corpo dividido em três partes.

Invertebrados: Grupo de animais que não possuem espinha dorsal, como os insetos e os moluscos.

Larva: O filhote de um inseto.

Madeira flutuante: Pedaços velhos e estragados de madeira levados à praia pela maré alta.

Manguezais: Terras costeiras macias e úmidas das regiões tropicais, cobertas de mangue. Os manguezais têm longas e enroladas raízes submersas que sustentam seus troncos acima da água.

Maré: O movimento pelo qual o mar sobe até a praia e desce novamente, duas vezes a cada 24 horas.

Marsupiais: Mamíferos, como os cangurus e os coalas, que criam seus filhotes dentro de uma bolsa na barriga.

Metamorfose: Processo pelo qual uma larva, como a lagarta, muda completamente seu corpo até se tornar adulta.

Migrar: Viajar de um local a outro, geralmente por longas distâncias e com frequência, para encontrar alimento ou se reproduzir. Muitos animais realizam longas migrações todos os anos.

Moluscos: Grupo de animais que têm o corpo mole, como as lesmas e caracóis. A maioria dos moluscos tem o corpo protegido por conchas duras.

Monotremados: Mamíferos que botam ovos em vez de dar à luz filhotes totalmente formados.

Muco: Líquido viscoso produzido por muitos animais, que lubrifica e protege o corpo.

Necrófagos: Animais que se alimentam de peixes ou animais mortos.

Néctar: Líquido adocicado produzido pelas flores que serve de alimento para abelhas e outros insetos.

Ninfas: Filhotes de alguns insetos, como os gafanhotos, que são idênticos aos pais, porém menores.

Ninhada: Grupo de ovos botados por uma ave e chocados juntos.

Notívagos: Ativos à noite e não durante o dia.

Nutrientes: As partes úteis dos alimentos, das quais todas as plantas e animais precisam para crescer e ficar saudáveis.

Oco: Vazio por dentro.

Olhos compostos: O tipo de olhos encontrado em muitos insetos. Cada olho é formado por milhares de minúsculas lentes unidas.

Onívoros: Animais que se alimentam tanto de carne como de plantas.

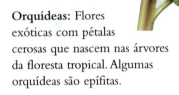

Orquídeas: Flores exóticas com pétalas cerosas que nascem nas árvores da floresta tropical. Algumas orquídeas são epífitas.

Oxigênio: Gás encontrado no ar e na água. Todos os animais e vegetais precisam de oxigênio para viver.

Parasitas: Animais ou plantas que vivem de ou em outras criaturas e podem causar danos a elas. Muitos animais têm parasitas que vivem em sua pele.

Parceiros: Um macho e uma fêmea da mesma espécie que acasalam para se reproduzir, isto é, ter filhotes.

Parreira: Uma grande planta trepadeira com caules longos e enrolados.

Peçonha: O veneno que algumas cobras e outros animais injetam em suas presas.

Pelota: Bolas de alimento não-digerido que alguns animais vomitam.

153

Sangue frio: Nos animais de sangue frio, a temperatura do corpo muda de acordo com a temperatura do ambiente. Os répteis e os peixes são exemplos de animais de sangue frio.

Sangue quente: Nos animais de sangue quente, a temperatura do corpo permanece constante. Os mamíferos e as aves são exemplos de animais de sangue quente.

Simbiose: Parceria entre dois animais de espécies diferentes, por meio da qual os dois se beneficiam. Por exemplo, a parceria entre o peixe-palhaço e a anêmona-do-mar.

Planar: Um pássaro plana quando voa sem bater as asas.

Pólen: Pó amarelo e pegajoso produzido pelas flores. O pólen precisa se transportar ou ser transportado de uma flor a outra para que as sementes cresçam.

Predador: Animal que caça outros animais para comê-los.

Presa: Animal que é caçado ou morto por outros animais.

Presas: Dentes ocos, compridos e afiados que algumas cobras usam para injetar veneno em suas presas.

Pupa: Estágio da metamorfose durante o qual os filhotes de inseto se transformam em adultos.

Raízes gigantes: Raízes que formam grandes escoras em volta da base de árvores altas.

Recifes de corais: Colônias de corais encontradas nas costas litorâneas tropicais.

Respiradouro: As narinas de alguns animais. As da baleia e do golfinho são localizadas no alto da cabeça.

Roedores: Pequenos mamíferos que têm os dentes da frente grandes e afiados para roer.

Saco vitelino: Bolsa de pele fina dentro de um ovo que contém o vitelo, um líquido que fornece alimento para um animal em desenvolvimento.

Saliva: O líquido dentro da boca, que ajuda na digestão.

Sub-bosque: A sombria parte da floresta tropical que fica abaixo dos galhos das árvores.

Território: A área na qual um grupo de animais vive e caça.

Tocas: Buracos ou túneis cavados no chão, habitados por animais.

Tórax: No corpo de um inseto é a parte central, que contém as pernas e, às vezes, as asas.

Traqueias: Os minúsculos tubos de respiração de um inseto.

Trepadeiras: Plantas que crescem ao longo do chão ou sobem pelas árvores ou outros tipos de apoio.

Turfa: Solo coberto de grama densa e rasteira.

Urinar: Eliminar do corpo um líquido residual chamado urina.

Vivíparos: Animais que dão à luz filhotes totalmente formados. O filhote se desenvolve dentro do corpo da mãe, em vez de sair de um ovo.

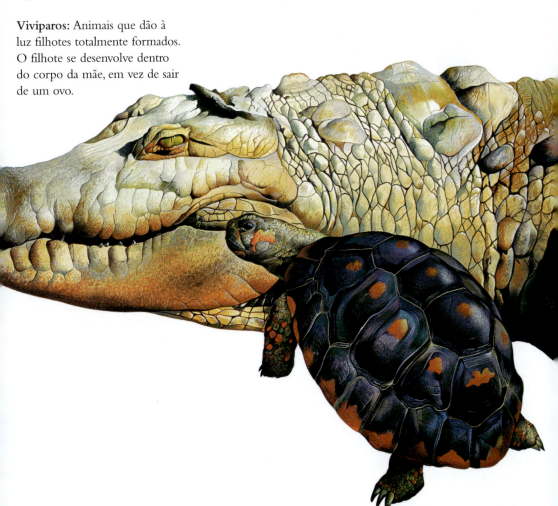

ÍNDICE

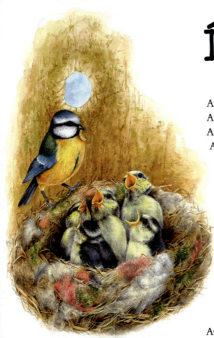

Aranha caçadora 12
Aranha de jardim 22
Aranha *Pisaura mirabilis* 23
Araras 88, 89, 133
Areia 68, 115, 122
Arraias 95, 105, 121
Ártico 32-33, 87, 114, 149
Árvores 17, 49, 64, 76, 77, 132, 133, 139, 149, 146, 147
Asas 12, 18, 20, 21, 36, 72, 73, 74-75
Atobá 82, 117
Audição 79
Austrália 46, 57, 64, 69, 73
Aves 59, 72-90, 109, 115, 116-117, 119, 122, 124-125, 128, 138, 142
Aves de rapina 78, 79, 149
Aves-do-paraíso 80
Aves litorâneas 124-125
Aves marinhas 75, 109, 116-117
Aves que não voam 73
Avestruz 73
Avisos 98

A

Abdômen 12, 18, 19, 149
Abelhas 11, 26, 142, 143
Adubo 141, 149
Aerodinâmico 72, 104, 149
África 40, 64, 82, 85, 95
Água 45, 54, 56, 85, 94, 118, 140, 141
Água-viva 120, 121
Águia-de-asa-redonda 79
Águias 78-79, 116, 139
Águia-dourada 78-79
Agulhão-bandeira 97
Airos 116
Albatroz 74, 75
Alcaravão 88
Alga marinha 120, 121, 126
Andorinha 82
Andorinhão 74
Anêmonas-do-mar 102-103, 126
Anta 134
Antenas 12, 19, 27, 149
Antílopes 38, 39, 41
Aprender 44
Aracnídeos 11, 12, 149
Aranha 11, 12, 21, 22, 134

B

Baiacu 99
Baleia-azul 31, 34, 35
Baleia-cachalote 35
Baleias 30, 31, 34-35, 102
Barragem 42-43, 149
Barulhos, *ver* sons
Beber 15, 32, 48, 69
Beija-flores 73, 75, 139, 142
Berbigão 122
Besouro-bombardeiro 24
Besouro-de-chifre 16, 17
Besouros 16, 17, 18, 24, 25
Besouro-tigre 17
Beta 100
Bexiga natatória 92, 95, 154
Bichir 95
Bicho-folha 24, 25
Bicho-pau 24, 25
Bicho-preguiça 135, 139

Bicos 58, 59, 72, 73, 76-77, 78, 117, 124-125, 142
Bitterling 101
Bodião-limpador 102
Bolsas 46, 47, 101, 121
Boomslangs 61
Borboleta rabo-de-andorinha 14, 15
Borboletas 14-15, 118, 119, 133, 135, 136, 143
Bromélias 140, 141, 149
Brotos 134, 154
Búfalos 38

C

Caça 16, 32, 36, 40-41, 56, 60, 64, 78, 79, 98, 104, 105, 146
Cação-bagre 111
Cães 48
Cágados 58, 59
Calor 68-69, 134
Camaleão 65, 132, 144-145
Camarão 103, 128, 129
Camuflagem 25, 32, 59, 64-65, 88, 99, 125, 135, 144-145, 149
Canguru 46-47, 57
Cantar 89
Cantárida 25
Caranguejeira 134
Caranguejo-ermitão 126, 129
Caranguejos 115, 121, 122, 126, 128-129
Cardumes 98, 99, 107, 149
Carniça 78, 149
Carnívoros 40, 149
Cartilagem 104, 105, 149
Cascas de ovos 84
Cascavel 62, 67, 68
Castor 42-43
Casuar 73
Cavalo-marinho 101
Cavernas 32, 150
Cegonha 85
Células 65, 150
Centopeia 10, 16, 134
Cérebros 30
Chimpanzé 48-49
Chocar 83, 152
Chuckwalla 67
Chuva 133, 136

156

Cigarra 19
Cigarrinha 25
Cipós 136, 152
Cisne 73
Coala 46, 47
Cobra-de-água 67
Cobras 52, 60-61, 63, 64, 65, 67, 138, 145
Cobra-coral 64
Cobras marinhas 109
Coelho 68, 79, 119
Colônias 26, 36, 150
Comunicação 48-49, 88-89, 150
Conchas 58, 59, 121, 128
Cor 10, 25, 32, 64, 65, 80, 81, 98, 99, 144-145
Correntes 75, 150
Corrupio 122
Cortejar 80-81, 82-83, 150
Coruja 79, 88
Coruja-de-igreja 79
Coruja-do-mato 88
Crocodilianos 52, 53, 56-57, 150
Crocodilo-de-água-salgada 53, 56
Crocodilos 52, 53, 56-57, 63, 135
Cruza-bico 76
Cuco 84
Cupins 26

D

Dançar 81, 102
Dentes 38, 42, 56, 57, 109
Desertos 67, 68-69, 73, 147
Digestão 89, 151
Dormir 15, 36, 42, 47, 49, 74
Dossel 132, 134, 136, 138-139, 150
Dragão-de-komodo 54
Dunas 115, 118-119

E

Ecdise (troca de pele) 20-21, 23, 60, 88, 153
Eclodir 62, 70, 150
Ecolocalização 36, 151
Elefantes 31, 38, 44-45
Emergentes 132, 151
Encalhar 120, 154
Epífitas 140-141, 151
Equidnas 47
Escamas 52, 56, 60, 68, 73, 92, 93
Escorpiões 11
Espécies 30, 59, 73, 104, 154
Espécies em extinção 146
Espiráculos 95
Esqueletos 30, 52, 92, 104, 105, 121
Esquilos 31
Estômagos 38
Estrela-do-mar 121, 126
Estuários 56, 151
Etiquetas 107, 154
Exoesqueletos 12, 13, 151

F

Falar 48, 49
Falcão-peregrino 79
Falsa-coral 65
Felinos 40-41, 135
Figueira mata-pau 137
Filhotes de aves 80-86, 116
Filhotes de aranha 21, 23
Filtrar 109, 122, 151
Fios de bisso 127, 151
Flores 15, 75, 76, 118, 119, 135, 140, 142
Florestas tropicais 64, 73, 88, 132-148, 154
Focas 33, 108, 128
Folhas 16, 39, 46, 47, 48, 118, 134, 137, 141
Formigas 11, 26-27, 133, 134
Formigas-de-correição 134
Formigas "potes de mel" 27
Formigas-tecelãs 27
Formigueiro 26
Fragata 80
Frio 32-33, 86

G

Gafanhotos 18, 20-21, 40, 118, 119
Gaivotas 62, 116, 117, 120, 125
Gansos 73, 86-87
Ganso-de-faces-pretas 86
Garças 76, 81
Garras 41, 54, 73, 78, 128
Gaviais 57
Gavinhas 136, 151
Gelo 32-33, 114, 115
Gibão 132
Girafas 30, 38, 39
Glândulas 22, 61, 151
Gobião 92, 103
Golfinhos 34, 35, 49
Gordura 33, 42
Gralha 74-75
Grama 118, 119
Graxa 33, 151
Guelras 94, 95, 97, 106, 109, 151
Guepardo 40, 41

H

Habitats 24, 68, 151
Herbívoros 38, 151
Hibernação 42, 151
Hipopótamos 38, 39

I

Iguanas 68
Insetívoros 37, 152
Insetos 10-13, 19, 20, 24-25, 26, 76, 79, 84, 115, 119, 133, 134, 141, 144, 152
Inteligência 30, 49
Invertebrados 10, 152

J

Jabuti 52, 53, 58-59
Jabuti gigante 53
Jacarés 57
Japus 138-139
Jibóia 63
Joaninha 12, 13, 14, 25
Juncos 85, 88

157

K

Krill, 35

L

Lagartas 10, 14, 24, 74, 36
Lagartixa-rabo-de-folha 64
Lagartixas 55, 64
Lagarto basilisco 54
Lagarto cincídeo 55, 67
Lagarto-de-gola 66
Lagartos 46, 52-55, 65-68, 119, 144
Lagópode 88
Lagosta 129
Lagostim 128
Lapas 122, 126, 127
Larvas 26, 27, 152
Leão-marinho 108
Leite 30, 45, 46
Leões 31, 40-41
Leopardo 30
Lesma-do-mar 126
Lesmas 10, 11, 16, 18, 30, 119
Libélulas 11, 13, 23, 42
Língua 15, 39, 54, 55, 59, 60, 65, 67, 76, 77, 144, 145
Linguado 99
Litorais 114-130
Locusta 21
Lóris 77
Louva-a-deus 24, 25

M

Macacos 133, 135, 138, 139
Macaco-aranha 139
Maçarico 124-125
Madeira flutuante 121, 152
Mamíferos 30-50, 128
Mamíferos marinhos 34-35
Mandíbulas 16, 57, 104
Manguezais 97, 115, 152
Mar 58, 62, 92, 114, 115
Maracujá 136
Marés 120, 121, 122, 124, 155
Mariposas 18
Marmotas 42, 43
Marsupiais 46-47, 152
Martim-pescador 73

Metamorfose 14, 152
Mexilhões 121, 124, 126, 127
Mico-leão-dourado 146
Migrações 86-87, 129, 152
Minhocas 10, 16, 17, 115
Mixinas 92
Moloch horridus 69
Moluscos 11, 115, 121, 122, 123, 127, 152
Monotremados 47, 152
Monstro-de-gila 69
Morcego-nariz-de-porco 36
Morcegos 30, 31, 36-37
Morsa 33
Mosca-das-flores 20
Moscas 17, 20, 22
Muco 94, 100, 152
Músculos 74, 106
Musgo 82, 140

N

Nadadeiras 35, 58, 92, 96, 98, 105
Nadar 32, 34, 35, 40, 45, 54, 56, 58, 92, 96-97, 128, 135
Najas 61
Navalha 123
Necrófagos 54, 78, 129, 152
Néctar 15, 27, 75, 76, 142, 143, 153
Nervos 13
Neve 32-33, 88, 114
Ninfas 20, 153
Ninhada 83, 150
Ninhos 26, 27, 42, 47, 49, 63, 78, 80-85, 100, 116-117, 138
Notívago 36, 153
Nutrientes 143, 153

O

Oco 72, 152
Odores 25, 26
Olfato 14, 33, 40
Olhos 13, 14, 55, 56, 60, 84, 144
Olhos compostos 13, 153
Onça-pintada 135
Onívoros 39, 153
Orelha-de-elefante 137
Ornitorrinco 46, 47
Orquídeas 140, 142, 153
Ossos 30, 61, 72, 92
Ostraceiro 124, 125
Ouriços-do-mar 123, 126, 127
Ovos 12, 14, 20, 23, 26, 47, 52, 62, 63, 72, 80, 82, 83, 100, 101, 110-111, 114, 116-117, 125, 154
Oxigênio 94, 95, 106, 153

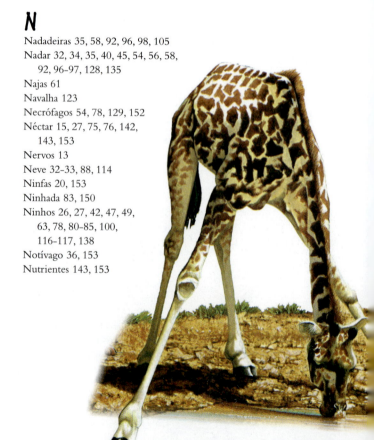

158